हिन्द पॉकेट बुक

अनंत नाम जिज्ञासा

अमृता प्रीतम पंजाबी के सबसे लोकप्रिय लेखकों में से एक थी। अमृता प्रीतम का जन्म 1919 में गुजरांवाला पंजाब (भारत) में हुआ। उनका बचपन लाहौर में बीता और शिक्षा भी वहीं हुई। किशोरावस्था से उन्होंने लिखना शुरू किया। उन्होंने सौ से अधिक कविताओं की किताब लिखी, साथ ही फिक्शन, बायोग्राफी, आलेख और आटोबायोग्राफी लिखकर साहित्य में नया मुकाम हासिल किया। इनकी तमाम पुस्तकों का कई भारतीय भाषाओं सहित विदेशी भाषाओं में भी अनुवाद हुआ। अमृता प्रीतम पहली महिला लेखिका हैं, जिन्हें 1956 में साहित्य अकादमी पुरस्कार मिला। 1982 में उन्हें *कागज ते कैनवास* के लिए ज्ञानपीठ पुरस्कार मिला। 2004 में पद्मविभूषण भी प्रदान किया गया।

अनंत नाम जिज्ञासा

अमृता प्रीतम

हिन्द पॉकेट बुक्स
पेंगुइन रैंडम हाउस इम्प्रिंट

हिन्द पॉकेट बुक्स

यूएसए। कनाडा। यूके। आयरलैंड। ऑस्ट्रेलिया। सिंगापुर
न्यू ज़ीलैंड। भारत। दक्षिण अफ्रीका। चीन

हिन्द पॉकेट बुक्स, पेंगुइन रैंडम हाउस ग्रुप ऑफ़ कम्पनीज़ का हिस्सा है,
जिसका पता global.penguinrandomhouse.com पर मिलेगा

पेंगुइन रैंडम हाउस इंडिया प्रा. लि.,
चौथी मंजिल, कैपिटल टावर -1, एम जी रोड,
गुड़गांव 122 002, हरियाणा, भारत

पेंगुइन
रैंडम हाउस
इंडिया

प्रथम संस्करण हिन्द पॉकेट बुक्स द्वारा 1997 में प्रकाशित
यह संस्करण हिन्द पॉकेट बुक्स में पेंगुइन रैंडम हाउस द्वारा 2022 में प्रकाशित

10 9 8 7 6 5 4 3 2

ISBN 9789353494872

मुद्रकः रेप्रो इंडिया लिमिटेड

www.penguin.co.in

MIX
Paper from responsible sources
FSC
www.fsc.org
FSC® C047271

This is a legitimate digitally printed version of the book and therefore might not have certain extra finishing on the cover.

पूजा मूर्ति को
मिटाने की कला है . . .

ओशो

अनंत नाम जिज्ञासा / ९
सपनों के आंचल में / १५
ख़्वाबों में बशारत / २०
क़ुदरत के दामन में / २४
न्याज़बों / ३०
माथे का तिलक और
सपनों की लीला / ३५
निरंजननाथ रैना की
ज़िंदगी के कुछ पृष्ठ / ४२
बंदी पीर वाली / ४७
निमोलियों की माला / ५२

६४ / सितारों की गलियां
७२ / दीवानगी का आलम
७५ / अंतर्ज्ञान की तलब
८१ / पीर जी का साया
८४ / हू की ध्वनि
८६ / एक नेक आत्मा
९२ / दो चाबियों की दास्तान
१०० / अंतर-ऊर्जा की बात
१०४ / अंतर-ऊर्जा का संप्रेषण
१०६ / हक़ीक़त से आगे हक़ीक़त
११५ / ओशो का दरवेश
१२१ / अन्तर-यात्रा

अनंत नाम जिज्ञासा

प्रश्न-उत्तर विधि का एक पहलू यह भी है, जहां प्रश्न किसी एक मन का नहीं होता, बहुत-सों के मन का होता है। ओशो-गाथा इसी दिशा से सामने आई। वे अक्सर कहते–'आप लोग कुछ न पूछते, तो मैं कुछ न कहता, खामोश रहता...'

महावीर, बुद्ध और कृष्ण से लेकर, सूफ़ियों, भगतों, योगियों और स्वयं तक उन्होंने जो कुछ कहा, वह सात सौ से ऊपर किताबों में प्रकाशित हो चुका है, और ये सभी किताबें प्रश्न-उत्तर विधि से सामने आई हैं।

एक–एक प्रश्न अक्सर बहुत-सों के मन से उठा हुआ है, उनके मन से भी, जो ख़ामोश होंठों से, और कुछ पूछती आंखों से उन्हें देखते रहते थे...

मंदिर, तिलक–टीका और मूर्ति-पूजा के कुछ रहस्य पाने का प्रश्न कितने–कितने लोगों का होगा, गणना नहीं हो सकेगी। इसीलिए जिज्ञासा को मैंने अनंत नाम जिज्ञासा कहा है...

ओशो की आवाज़ में कण–कण बरसती हुई इस रहस्य-गाथा का एक अंश यहां दे रही हूं–

मूर्ति-पूजा

"अगर मैं ऐसा कहूं कि मूर्ति-पूजा शब्द बड़ा ग़लत है, तो आपको बड़ी कठिनाई होगी। असल में मूर्ति-पूजा शब्द बिल्कुल ही ग़लत है। ग़लत इसलिए कि जो कोई पूजा करना जानता है, उसके लिए मूर्ति मिट जाती है, और जिसे मूर्ति दिखाई पड़ती है, उसने कभी पूजा की नहीं है, उसे पूजा का कुछ पता नहीं है, और मूर्ति-पूजा शब्द में हम दो शब्दों का प्रयोग कर रहे हैं–एक मूर्ति का और दूसरा पूजा का। ये दोनों एक ही व्यक्ति के अनुभव में कभी नहीं आते...

पूजा, मूर्ति को मिटाने की कला है। वह जो मूर्ति है, आकार वाली, उसको मिटाने की कला का नाम पूजा है। मूर्त हिस्से को गिराते जाना है, गिराते जाना है। थोड़ी ही देर में वह अमूर्त हो जाती है। इस तरफ़ जो मूर्त हिस्सा था, वहां से शुरुआत होती है, और जब पूजा पकड़ लेती है साधक को, तो थोड़ी ही देर में वह छोर खो जाता है, और अमूर्त प्रकट हो जाता है।

पूजा घटित होती है तो मूर्ति विदा हो जाती है। मूर्ति बहुत विकसित लोगों ने पैदा की थी, क्योंकि मूर्ति का संबंध है, वह जो कास्मिक फ़ोर्स है, हमारे चारों तरफ़, उससे संबंधित होने का सेतु है। जिन लोगों ने भी मूर्ति विकसित की होंगी, उन लोगों ने जीवन के परम रहस्य के प्रति सेतु बनाया था...

ध्यान रहे कि पत्थर को प्रतिमा बनाना होता है। वह मूर्तिकार नहीं बनाएगा, वह आपको बनाना होगा। मूर्तिकार तो आकार देगा पत्थर को, पर उसमें प्राण, प्राण पूजा करने वाला देगा...

पदार्थ का आकार है, चेतना का कोई आकार नहीं। जैसे ही मूर्ति को प्राण दिया, प्रतिष्ठा हुई, भक्त ने अपने हृदय को मूर्ति में धड़कते सुना, मूर्ति जीवंत हो जाती है–एक तरफ़ आकार रहा और दूसरी तरफ़ से निराकार का द्वार खुल गया। अब इस द्वार से यात्रा करने का नाम पूजा है...

एक शिला

१८ अगस्त, १९९६ की दोपहर थी, जब मैंने आंखों के सामने एक मंज़र देखा कि किसी पहाड़ी इलाक़े में खड़ी हूं–सामने पहाड़ियों का एक सिलसिला-सा है,

जहां एक शिला के सामने कुछ लोग इस तरह खड़े हैं, जिस तरह वह कोई मंदिर-सा हो...लेकिन दिख रहा था कि कोई मंदिर नहीं है, पर लोगों की आंखों में पूजा का-सा अहसास है...

पास जाती हूं, तो लोग कहते हैं–"किसी ज़माने में, यहां एक दरवेश हुआ था, और यहां इसी शिला पर एक शक्ति-पात हुआ था, सीधा आसमान से, यह वही शिला है..."

मैं शिला को देखती रही, गहरे सलेटी से रंग की थी, उस पर कहीं कोई निशान नहीं था, और फिर जाने क्या हुआ मुझे, मैंने पत्थर का एक छोटा-सा टुकड़ा लेकर, उस नोकीले पत्थर से, उस शिला पर तीन लंबी लकीरें खींच दीं, और कहा–"शक्ति-पात ऐसे हुआ था..."

लोग पूछने लगे–"आप कैसे जानती हैं ?"

मैंने कहा–"जानती हूं, वह शक्ति-पात ठीक ऐसे ही हुआ था, तीन धाराओं में..."

अचानक वह मंज़र हिलने लगा, और मुझे अपना और वक़्त का अहसास हुआ कि मैं अपने कमरे में, अपने ही बिस्तर पर हूं, सोई-जागती-सी।

हैरान थी कि यह क्या देखा ? वह दरवेश जिसे देखा नहीं, सिर्फ़ सुना, वह कौन था ? वह शिला किस काल की है ? और मैंने वहां तीन रेखाएं कैसे अंकित कर दीं ? उन तीन रेखाओं का क्या रहस्य है ?

फिर बहुत दिन गुज़र गए, और सितंबर का पहला हफ़्ता था, जब डॉ. चमन लाल रैना अजमेर से आए। वह मेरे सपनों पर एक किताब लिखना चाहते हैं, इसीलिए अपना यह सपना उन्हें बताया, तो वे हंस से दिए।

कहने लगे–"जो शिला आपने देखी, वह श्रीनगर में, जहां आदि शंकराचार्य का मंदिर है, जिस पहाड़ी पर, उसी के साथ लगती हुई महादेव पहाड़ियां हैं, जहां वह शिला आज भी सुरक्षित है, जिसे लेकर, क़रीब एक हज़ार साल हुए, वासु गुप्त को एक स्वप्न आया था, और शिव ने स्वयं ज़ाहिर होकर वासु गुप्त से कहा था–'जाओ! उन पहाड़ियों में एक शिला है, जहां शिव-सूत्र लिखे हुए हैं, पत्थर पर, वही लिख कर लाओ, और उनका ज्ञान दुनिया को दे दो।' "

"वासु गुप्त थे, जिन्होंने वह शिला खोज ली, और शिव-सूत्र दुनिया को दिए। आपने वही शिला देखी है, और जो आपने उस पर तीन रेखाएं खींच दीं वे उन्हीं तीन बिंदुओं के प्रतीक हैं, जो शिव-सूत्र का रहस्य है, उसका तत्त्व-ज्ञान है। एक बिंदु शिव का प्रतीक है, एक शक्ति का, और एक अणु का, जिससे ब्रह्मांड का विस्तार हुआ..."

मैंने रैना जी से पूछा–"क्या उस शिला का चित्र कहीं मिल सकता है ?"

वह कहने लगे–"चित्र है, मेरे पास भी था, लेकिन वहीं कश्मीर में रह गया। यहां किसी से मिल सकेगा, कह नहीं सकता, फिर भी पता करूंगा..."

फिर बहुत दिन नहीं गुज़रे थे, श्री महाजन मिलने आए, तो ख़्याल में आया कि महाजन जी के पास बहुत-सी किताबें हैं, जिनमें क़ुदरत के कई रहस्य छिपे हुए हैं, पूछा तो कहने लगे–"अरे, वह शिला-चित्र, शिव-सूत्र पुस्तक में है, जिसका पता वासु गुप्त को स्वप्न में मिला था..."

और फिर वह दूसरे ही दिन मुझे वह किताब दे गए...

यह घटना थी, जिससे ख़्याल आया कि महाजन जी की तरह कितने ही लोग मेरी पहचान में हैं, जिन्हें समय-समय पर क़ुदरत के रहस्यमय मंज़र दिखाई देते हैं, लेकिन उन्होंने अपने अनुभव कभी दुनिया को नहीं दिए। उनके कुछ क़रीबी लोग ज़रूर जानते हैं, लेकिन वे अकसर कभी किसी को कुछ नहीं बताते, और कभी लिखना-बताना सोचेंगे भी नहीं, लेकिन क़ुदरत के कितने ही रहस्य उनसे खेलते हैं, जिन्हें कभी-कभी वे स्वयं भी पकड़ नहीं पाते...

एक कुलदीप जी हैं, बहुत तालीमयाफ़्ता हैं, लेकिन हर मंगलवार और शनिवार को उनके मस्तक पर स्वयं एक तिलक लग जाता है..., एक पूनम जी हैं–जिनका हर स्वप्न किसी आने वाली घटना का पता दे जाता है, और कई बार उनके हाथ में पड़ी हुई पुखराज की अंगूठी से तेज़ खुशबू आने लगती है..., एक मजीदुन्निसा हैं–मुसलमान घर में पैदा हुई हैं, जिन्होंने स्वप्न में शिव जी देखे हैं, बांसरी वाले कृष्ण और शेर पर सवार मां दुर्गा..., एक जया सिब्बू हैं, पंडित घराने से–जिन्होंने अपने की स्वप्न में, हज करते हुए देखा, और बड़ी अक़ीदत से काबा के पत्थर को छूकर, अपने हाथ आंखों से लगाते हुए देखा...

जाने किस-किस काल के स्मरण, इंसान के अंतर में समाए हुए होते हैं, और जब क़ुदरत उनको किसी रहस्य में ले जाती है, तो इस जन्म की जाति और मज़हब बीच में हायल नहीं होते...

इसी से मन में आया कि जो लोग अपनी आपबीती कभी नहीं लिखेंगे, उनके इतने बड़े अनुभव, उन्हीं की क़लम से लेकर सामने रख सकूं...

ओशो याद आए, जो कहते हैं–"अगर आप लोग मुझसे कोई प्रश्न न पूछते, तो मैं ख़ामोश रहता, मुझे किसी को कुछ भी कहना नहीं था, यह तो आप लोग पूछते हैं, तो इतना बोल जाता हूं..."

ओशो ने जो इतना बड़ा ज्ञान दुनिया को दिया है, वह सब उनकी ख़ामोशी में पड़ा रहता, अगर लोग उन्हें प्रश्न-उत्तर के धरातल पर न ले आते...यही धागा हाथ में आया, तो मैंने अपनी पहचान वालों के सामने कितने ही प्रश्न रख दिए। बातचीत की सूरत में कुछ लिखने के लिए नहीं, केवल उनकी ख़ामोशी को तोड़ने के लिए। इसीलिए मैं यहां कई जगह अपने किसी प्रश्न को सामने नहीं रख रही, लेकिन जवाब में जो उन्होंने कहा, या लिख कर दिया, वही पेश कर रही हूं।

- अमृता

जया सिब्बू

सपनों के आंचल में

क़ुदरत की शक्तियां भी एक लीला खेलती हैं, और कई बार अचानक आने वाली घटनाओं का संकेत सपनों के आंचल में रख देती हैं, और जब किसी की आंख खुलती है, तो मन-मस्तक, उस रहस्य में लिपट जाते हैं...

जया सिब्बू कश्मीर में पैदा हुई, उस घर में, जहां श्रीविद्या की साधना घर के कण-कण में बसी हुई थी। इन सात-आठ बरसों में कई बार मेरी उनसे मुलाक़ात हुई, जाना कि उनके सपने किस तरह अपनी उंगलियों से किसी-न-किसी रहस्य की गांठ खोलते हैं...

वे बहुत प्यारे दिल की मालिक हैं। एक बार हैरान-सी कहने लगीं–"और सपने तो किसी दिव्य शक्ति का आशीर्वाद समझ सकतीं हूं, लेकिन एक सपना समझ में नहीं आया, जब वह सपना मुझे मक्का का हज करने के लिए ले गया, और वहां का मुक़द्दस पत्थर मैंने होंठों से चूम लिया था। लगता है–किसी जन्म के कोई संस्कार रहे होंगे, और मेरा एक जन्म ज़रूर उस घर में हुआ होगा, जहां इस्लाम की मान्यता होगी..." और फिर आज के हालात को देखते हुए कहने लगीं–"कश्मीर छोड़ना पड़ा, अपना घर छोड़ना पड़ा, वहां हमारा घर जला दिया गया है, फिर भी मेरे मन में किसी के लिए नफ़रत नहीं आती..."

टुकड़ा-टुकड़ा बातचीत कई बार हुई, लेकिन इस बार मैंने उन्हें पास बैठा कर सब कुछ सिलसिलेवार कहने का तक़ाज़ा किया। मैं बीच-बीच में कई प्रश्न करती रही, उनके मन की तैयारी के लिए, और फिर वे जो कुछ कहती रहीं, वही इन काग़ज़ों के हवाले है। उनकी बात उन्हीं की ज़ुबानी सुननी होगी–

जया सिब्बू की जुबानी

मेरे दादा पंडित नीलकंठ सिब्बू, पुरुस्यार, हब्बाकदल, श्रीनगर के थे, जो श्रीविद्या के साधक थे। घर में उनकी बेटी थी जानकी, लेकिन बेटा नहीं था। एक बार मेरी दादी विशवमाला अपनी चचाज़ाद बहन सुमाला के साथ शंकराचार्य मंदिर में गई, तो उसे उदास-सा देखकर उसकी बहन सुमाला ने कहा– 'आज मैं शिव लिंग के सामने तेरे साथ वायदा करती हूं कि अगर मेरे पेट का बच्चा, लड़का हुआ, तो तेरी गोद में डाल दूंगी।'

सुमाला एक दिन चंदन छठी का व्रत रखने के लिए चौके में साबूदाना पका रही थी कि वहीं उसका बच्चा पैदा हो गया–बेटा। चंदन छठी का व्रत रखना कश्मीरी औरतों की पुरानी रिवायत है। लाल चंदन औरत की माहवारी का प्रतीक होकर सृष्टि रचना का माध्यम होता है, इसलिए जब कृष्ण-पक्ष की छठी के दिन हर औरत नहा-धोकर 'दूध-गंगा' नदी पर जाती है, वहां पूरब दिशा की ओर देखकर, लाल चंदन अपने पूरे बदन पर लगाती है, फिर रूई का पतला-सा टुकड़ा आंखों पर रखकर वह सूर्य पूजा करती है। उसका मंत्र– 'आदित्य हृदय' कहा जाता है, यानी सूर्य का अंतर तत्त्व। इसके बाद दूध-गंगा में नहा कर, व्रत रखा जाता है। पूरे दिन कुछ नहीं खाया जाता, संध्या समय चावल की जगह गेहूं की रोटी बनाई जाती है, नई फ़सल का पहला गेहूं लेकर। वह गेहूं उस कुंआरी लड़की को पीसना होता है, जिसे अभी मासिक धर्म शुरू नहीं हुआ होता है, और वह रोटी, नमक के बिना, चाय-दूध से, चांद दिखने पर खाना होती है। चांद को नमस्कार करने के पश्चात्। उस समय गेहूं, वस्त्र और कोई ज़ेवर दान करना होता है...

सुमाला के जब इस व्रत की तैयारी के समय ही पुत्र पैदा हो गया, तो उसे अपना वचन याद आया, अपनी बहन विश्वमाला की गोद में देने का, लेकिन बच्चा बहुत खूबसूरत था, कोई दिव्य सूरत, इसलिए बच्चे के बाप ने बच्चा देने से इनकार कर दिया...

यह इनकार था, जो कुरदरत को मंजूर नहीं हुआ। सुमाला बीमार हो गई, इतनी कि छाती का दूध सूख गया। बच्चा दूध के बिना बिलखने लगा। उस रात तेज़ बुख़ार की हालत में सुमाला को सपना आया कि कोई दरवेश बाबा आए हैं, और कह रहे हैं–'तू वचन से हार गई। इस बच्चे को सिर्फ़ तेरी कोख से जन्म लेना था, लेकिन तेरी गोद में खेल नहीं सकता। इसे दे दे। जिस तरह

तूने वचन दिया था।'

यह घटना थी कि सुमाला ने और उसके पति श्रीधर ने बच्चे को विश्वमाला की गोद में दे दिया...

बच्चे का नाम जगन्नाथ सिब्बू रखा गया, जिसने बड़े होकर पिता की शक्ति साधना तन-मन से धारण कर ली। साथ ही वह कश्मीर का माना हुआ लेखक हुआ, कई पुस्तकें लिखीं– 'जेष्ठा प्रादुर्भाव (मैनी फैस्टेशन ऑफ़ ग्रेट गॉड्स) 'कश्मीर शाक्त विमर्श' (चेतना शक्ति) पुस्तकों पर मानव संसाधन विकास मंत्रालय ने उन्हें सम्मानित किया।

उन्हीं के घर पैदा हुई मैं पहली बेटी थी, २५ अप्रैल, १६४० को पैदा हुई। मेरे दादा मानते थे कि यह बेटी शक्ति है, इसके जन्म से बारह दिन तक जश्न होगा। दादी मुझे चांदी की कटोरी में दूध देती। कुछ बड़ी हुई, तो चांदी की थाली में दाल-चावल देती, और कुछ बड़ी हुई, तो मेरे पिता मुझे खेतों में ले जाते, और कश्मीर का इतिहास सुनाते। इस तरह मैंने कश्मीर के कण-कण को जाना, और ललदाद, हब्बा ख़ातून और अलख साहिबा के कलाम को गाती रहती...

जवान हुई, तो कोई दूर की पहचान वाले थे, उसी कस्बे के रहने वाले, जो अचानक एक दिन हमारे घर आए, मुझे देखा, और अपने बेटे के लिए मांग लिया। मेरे पिता को भी रिश्ता मंजूर था, इसलिए सगाई की तैयारी होने लगी, याद है–लड़के के लिए सूट और अंगूठी भी खरीद ली गई थी, और विवाह का दिन पक्का हो गया था, जिसका पैग़ाम नाते वालों को भेज दिया गया था–

एक रात मैं सो रही थी अचानक देखा–कोई दिव्य शक्ति मेरे सामने खड़ी है। पास चश्मा बह रहा था, और दिव्य शक्ति ने कहा– 'जहां तुम्हारे मां-बाप रिश्ते की बात सोच रहे हैं, वहां रिश्ता नहीं होगा।' और उसने चश्मे की ओर संकेत किया, और मैंने देखा–वहां से कोई ज़ाहिर हो रहा है। काया देखी, पर सूरत पहचान न पाई। उस वक़्त उस शक्ति ने उसकी ओर संकेत किया, कहा– 'तेरी शादी उससे होगी...'

मैं जागी, तो हैरान भी थी, परेशान भी, पर मां-बाप से कुछ नहीं कहा। क़रीब पांच दिन गुज़रे थे, तब जहां सगाई हो रही थी, वहां से संदेश आया कि हमें इनकार करते हुए दुख लगता है, पर हमारे लड़के ने हमसे बाहर होकर कोई और लड़की चुन ली है...बाद में सुना कि उस लड़के के मां-बाप ने लड़के को अपनी जायदाद से बेदखल कर दिया था...

फिर जब श्री चमन लाल रैना से मेरा विवाह हुआ, तो विवाह की वेदी पर बैठी थी, जब एक नज़र उन्हें देखा, जाना कि वे बहुत हैं। ज़रूर यही सूरत होगी, जो मुझे चश्मे में से निकलती हुई दिखाई गई थी.

मेरा विवाह १६६१ में हुआ था, और १६६२ में जब मुझे एक बच्चे की उम्मीदवारी थी, तो गर्भ के नौवें महीने, दिसंबर के आखिरी दिनों में देखा कि एक जंगल में गई हूं। वहां एक ऋषि छोटे-छोटे बच्चों से हवन करवा रहे हैं। मैं ऋषि को नमस्कार करती हूं, और उनके पास बैठकर हवन में आहुति डालने लगती हूं। यह भी अहसास हुआ कि यह महारुद्र का हवन है...

बहुत लंबा सपना था। क्रषि ने पूछा– 'बेटी, तुझे किस तरह का पुत्र चाहिए ? यहां बहुत से छोटे बच्चे बैठे हैं, तू एक ले जा, जो भी चाहती है...'

मैं कहती हूं– 'नहीं, ऋषि, मैं यहां से नहीं ले जाऊंगी। बाक़ी बच्चे उदास हो जाएंगे...'

ऋषि हंस देते हैं– 'नहीं, बेटी, तू एक ले जाएगी, तो यहां और आ जाएंगे...'

उस समय मैंने एक छोटा-सा बच्चा अपनी गोद में रख लिया।

ऋषि ने कहा– 'अब खीर बना कर बाक़ी सब बच्चों को खिला दे।'

जागी, तो पति से कहा– 'मैंने अपने होने वाले बच्चे को देख लिया है। वह भगवान शिव का प्रसाद होगा। शिव चतुर्दशी के दिन मेरा बेटा पैदा हुआ, बहुत गोरा, बहुत सुंदर। मैंने पहचान लिया कि वही बेटा है, जिसे मैंने ऋषि आश्रम में अपनी गोद में बैठाया था...'

बच्चे के जन्म के चौथे दिन घर में खीर बनाई गई, और वितसता नदी पर जाकर नदी को अर्पित कर दी गई। कुछ हिस्सा पानी में डाला, बाक़ी आस-पास के बच्चों में बांट दिया...

इसके बाद १९६४ की बात है, जब अगस्त के महीने में मैं और मेरे पति अमावस के दिन पुष्कर-पीठ की यात्रा पर गए। लौटते हुए चंडी लौरा टनमर्ग गांव में रात उतर आई, और रात वहां ठहरे। उस रात सपना आया–गणेश मंदिर में गई हूं, और वहां किसी के रोने की आवाज़ आ रही हैं। पता चला कि गणपति

मंदिर के पास जो नदी पड़ती है, उस नदी के दूसरी ओर एक मेहतर की पत्नी बच्चे को जन्म देते ही मर गई है, इसलिए घर के लोग रो रहे हैं।

यह सपना भी बहुत लंबा था–देखा, मैं नदी के पार गई हूं, उस घर में जहां मेहतर स्त्री की मौत हुई थी। वहां जाकर छोटे बच्चे को गोद में उठा लेती हूं, कहती हूं–'मैं इसे गोद ले लूंगी, इसकी पालना करूंगी।'

उस वक़्त मरने वाली स्त्री के पति ने कहा–पंडित बाई, तू ब्राह्मण है। यह बच्चा हम मेहतरों का है, तुम छोटी ज़ात वालों का बच्चा कैसे गोद लोगी ?

मैं कहती हूं–'नए जन्मे बच्चे का कोई वर्ण नहीं होता। मैं इसे गोद ले लूंगी।'

मेहतर ने कहा– 'अच्छा, देवी, तुम इसे कुशा से शुद्ध कर लेना।'

उस वक़्त मैंने नदी पर जाकर कुछ घास नदी के पानी में भिगोई और बच्चे पर पानी छिड़क दिया...

यह सपना था, जब मुझे उम्मीदवारी नहीं थी, लेकिन कुछ ही महीनों बाद मैं गर्भवती हुई, और कुशी अमावस के दिन मेरे यहां पुत्र का जन्म हुआ। सब हैरान थे कि बच्चा सांवले रंग का है। कह रहे थे कि गोरे रंग के ब्राह्मणों के घर यह पहला सांवला बेटा पैदा हुआ है, लेकिन मैं इसका रहस्य जानती थी, इसलिए हंस देती थी...

कायनात की शक्तियों के रहस्य पकड़ में नहीं आते, पर सोचती हूं कि किसी जन्म में मैं मुसलमान क़बीले में ज़रूर पैदा हुई थी कि एक रात अपने को हज पर जाते हुए देखा, और वहां काबा में पहुंच कर वहां के मुकद्दस पत्थर को चूमते हुए देखा...'

जाने हम कई जन्मों से कहां-कहां की यात्रा में रहे हैं, कुछ कहते नहीं बनता।

ख़्वाबों में बशारत

मजीदुन्निसा की ज़ुबानी...

मेरी अम्मी कुछ अमल किया करती थीं। उन्हें ख़्वाब में बशारत भी होती थी। ख़्वाब में कोई बुज़ुर्ग दिखाई देते और वक़्त की ज़रूरत में क्या करना है, वो बता दिया करते थे। शायद अम्मी से ही कुछ मुझमें आया है। घर में मैं सबसे मुख़्तलिफ़ थी। आठ साल की थी, जब होने वाले शौहर को देखा, वो करीब अट्ठारह साल के रहे होंगे, तब दिल में आया, मेरी शादी उनसे होनी चाहिए। ख़ुदा का करम कि वहां से ख़ुद ही रिश्ता आया और मेरी सगाई वहीं हुई, उसी से, जिसका ख़्याल दिल में बस गया था।

सगाई क़रीब सात बरस रही, लेकिन उस दौरान मेरे घर के लोगों का ख़्याल बनता गया कि उन लोगों के घर का माहौल अच्छा नहीं है, ऐसा नहीं है कि हमारी बेटी वहां खुश रहेगी। इसलिए वे सगाई तोड़ देना चाहते थे । मेरी अम्मी इस्तख़ारा कराया करती थीं। उसमें खुदा से मशवरा लेना होता है। जो आदमी बहुत पाक-साफ हो, नमाज़ का पाबन्द हो, वही ये कर सकता है। रात की नमाज़ के बाद वो कुरान शरीफ़ की कुछ आयतें पढ़ कर सो जाता है, और उसे सपने में इस बात का पता चले जाता है कि ये काम किया जाए, या नहीं, और जब मेरी सगाई तोड़ने की बात चली, तो मेरी अम्मी उस बुज़ुर्ग के पास गई। मैं भी साथ थी। उन्होंने मेरी अम्मी से कहा–"तुम रात को नहा कर ये आयतें पढ़ कर सो जाना, तुम्हें जवाब मिल जाएगा।"

वो अमल मेरी अम्मी ने नहीं किया। मैं सुन रही थी, मैंने ख़ामोश रह कर

सब कर लिया, जैसे उन्होंने बताया था, और साथ ही मैंने दुआ की कि जिससे मेरी सगाई हो रही है, उसका अच्छा-बुरा किसी को पता न चले और मेरी शादी उसी से हो जाए।

उस बुज़ुर्ग ने ये भी कहा था कि रात को वो खुद भी अमल करेंगे और सुबह बता देंगे। सुबह मेरी अम्मी उनसे सुनने के लिए गई, मैं भी साथ थी, वो बुज़ुर्ग कहने लगे–"बीबी, मैंने पूरी रात कोशिश की कि मुझे कुछ अच्छा-बुरा पता चले, लेकिन कुछ पता नहीं चला।"

इस वक़्त मुझे यकीन हो गया कि मेरी दुआ क़बूल हुई। मैंने यही दुआ मांगी थी कि मेरे होने वाले शौहर का अच्छा-बुरा किसी को पता न चले, और ठीक वही हुआ। ये तज़ुर्बा मेरी ज़िंदगी का पहला तज़ुर्बा था, आने वाले वक़्त की बुनियाद...

इस तरह तज़ुर्बात होते गए, रोज़ाना ज़िंदगी को लेकर। कोई शख़्स कैसा है, उसे लेकर मुझे पहले से पता चल जाता है। किसी काम के सिलसिले में भी पता चल जाता है कि वो ठीक रहेगा, या नहीं। कोई अपना अगर किसी परेशानी में होता, उसका पता भी चल जाता है, कई बार ख़्वाब में और कई बार...

आपको एक राज की बात बताऊं अमृताजी, अचानक किसी ख़ुशबू की आमद होती है, और ये ख़ुशबू ऐसी नहीं होती, जिसका सिर्फ़ मुझे पता चले, ये ख़ुशबू पूरे घर में फैल जाती है। ये किसी की आमद का इशारा होती है...

पहले मुझे मालूम नहीं था कि ये खुशबू क्या है, फिर अहसास हुआ, ये खुदा की तरफ़ से कोई इशारा है, और मैं उसे कहने लगी–'अगर तुम ख़ुदा की तरफ़ से आई हो, तो मुझे कुछ करके दिखाओ!'

मैं एक बार घर में अकेली थी, कुछ ज़रूरत पड़ी, मैं सोचने लगी–अपने शौहर को कैसे बुलाऊं ? किसे भेजूं ? मैं तो अकेली हूं।

तब उसी ख़ुशबू से कहा–"तुम मेरा पैगाम ले जाओ!!

और थोड़ी देर बाद देखती हूं कि वो चले आ रहे हैं। आते ही पूछते हैं, मुझे बुलाया है ? पहले मैं हैरान होती थी, अब नहीं। अब जानती हूं कि वो ख़ुशबू उन्हें भी आने लगती है, जब इधर मैं उन्हें बुला रही होती हूं...

लखनऊ से आगे देवा शरीफ़ एक जगह है, वहां पर उर्स होता है–हाजी

वारिस अली शाह का। हमारी अंम्मी उसमें न्याज़ भेजा करती थीं, और वहां से एक बुजुर्ग आया करते थे, मेरे ननिहाल में, फिरोज़ाबाद में। वो हमेशा चटाई पर बैठते थे। बदन पर ज़र्द रंग को अहराम पहन कर। तब मैं बहुते छोटी थी, मुश्किल से छः बरस की रही होऊंगी। मैंने सिर्फ़ उन्हें चंद साल ही देखा। मैं ननिहाल में कम ही जाती थी।

अब वही बुज़ुर्ग मेरे सामने आते हैं, मुझे आवाज़ देकर उठाते हैं, मेरा नाम लेकर– 'उठो मंजु! मैं नहीं जानती उनका इंतकाल हो गया है, या नहीं, लेकिन मेरे लिए वो उसी तरह हैं। ये बुज़ुर्ग हैं, जिन्होंने मुझे हज़रत निज़ामुद्दीन औलिया, ख़्वाज़ा कुतबुद्दीन बख़्तयार काकी से भी मिलवाया...

ये सब तजुर्बात होते, लेकिन कुछ बादलों में लिपटे से। पैग़ाम क्या है, ये पता नहीं चलता था। १९६४ में मेरी बेटी असमां मुझे हंस बाबा के पास ले गई तब से बहुत सारी चीज़ें एकदम साफ हो गईं। वो बादल से बिखरते गए...

एक दिन मैं इबादत में थी कि हंस बाबा दिखाई दिए। उस वक़्त मैंने उनसे अपनी बेटी की शादी का सवाल किया कि उसकी शादी अच्छी हो, किसी अच्छे इंसान से। तब बाबा ने कहा– "क्यों फिक्र करती हो!" और मैंने देखा वहां शिवजी भी थे, कृष्ण भी, मां दुर्गा भी, गणेशजी भी, जो आशीर्वाद दे रहे थे...

आप हैरान होंगी अमृता जी, तब तक मैंने इन देवी-देवताओं को कहीं नहीं देखा था। मैं बेटी असमा से पूछने लगी–वो कौन थे, जिनके गले में सांप पड़े हुए थे ? और वो जिनकी नाक हाथी की नाक जैसी थी ? और वो कौन था, जिनके हाथ में बांसुरी थी ? और वो कौन थीं, जो शेर पर बैठी थीं ?

मेरी बेटी हंसती रही, बताती रही–अम्मा वो सांपों वाले शिवजी थे, बांसुरी वाले कृष्ण, और वो जो शेर पर बैठी थीं वो मां दुर्गा हैं, और हाथी की नाक वाले गणेश जी हैं...

ये दर्शन सहज होते गए। मैं आंखे बंद करती हूं, तो हंस बाबा भी सामने होते हैं और कई देवी-देवता भी...

अब मेरी छोटी बेटी मोनी दीवाली पर, जन्माष्टमी पर देवताओं को भोग लगाती है, और घर में जब नौचन्दी का ज़र्दा बनता है, मैं न्याज़ देती हूं कि ये आप सब क़बूल कर लो।

तब देखती हूं—वहां देवी-देवता भी आते हैं, मुसलमान बुज़ुर्ग भी, कई वो भी, जिन्हें मैं जानती नहीं, और तब हंस बाबा और साईं काका भी दिखाई देते हैं, और पास खड़े हुए के. एन. राव कहते हैं, ये प्रसाद सब में बांट दो।

ये सब कुछ होता है—अमृता जी, और अभी भी कोई प्यास मेरे अन्दर बनी हुई है। नहीं जानती, वो प्यास क्या है!

क़ुदरत के दामन में

अनागारिका गोविन्दा का एक सपना पेशीनगोई करता रहा कि कहीं एक पर्वत है, सागर के गहरे नीले पानी में से उठता हुआ, जिस पर सूरज की रोशनी ऐसे रंग बरसा रही है, जो रंग कहीं दिखने में नहीं आते, लेकिन वो रंग कहीं हैं, जाने कहां...और बरसों बाद जब वो तिब्बत गए, देखा, और देखते रह गए कि एक जंगह उनका सपना आकारमय होकर उनके सामने खड़ा है...

कुछ इसी तरह किशोर ठुकराल जी की ज़िंदगी में आया, जब वो क़रीब अट्ठारह बरस के थे, कुछ दोस्तों के कहने पर वो कुमाऊं के इलाक़े में गए। पिंडारी ग्लेशियर से आगे, अलमोड़ा से भी आगे एक स्थान है–बागेश्वर, जहां सरयू और गोमती दो नदियों का संगम है। आगे कच्ची सड़क थी, पगड़ी कपकोट से कच्चा रास्ता जहां तक बस ले गई, लेकिन सौंग गांव पहुंचा कर बस लौट गई। वहां से आगे पैदल चलना होता है–पहाड़ियों पर जाने के लिए। वहीं एक गांव था–लौहारखेत, जहां वो खड़े हुए, तो लगा–अंतर में कोई सपना था, सोया हुआ, और वो अचानक जाग गया है।

उनके लफ़्ज़ों में–"वहां पहली बार मैंने ऐसे बादल देखे, जो धरती की ओर उतर रहे थे, और पेड़ों पर बैठे हुए थे...वहां पहली बार आसमान की बिजली चमकती देखी, जो संतरे के रंग की थी। मैं क़ुदरत के किसी रहस्य में ऐसे लिपट गया, लगा–मेरे अंतर में कुछ था, कुछ बंधा हुआ-सा, वो खुल गया है, खिल गया है। रात को मेरे तीनों दोस्त डाक बंगले के एक कमरे में सोने के लिए गए, तो उस वक़्त भी बहुत-सा समय मैं बाहर बैठ कर धरती आसमान को देखता रहा, और लगा–मेरे माथे पर खुशनसीबी की एक रेखा उभर आई है..."

मैं कुछ दिनों से श्री गोविन्दा को पढ़ रही थी, जो बाद में दीक्षा लेकर लामा हुए, और जब वो रंगों की जुबान कहते-सुनते दीवाने से हो जाते। मुझे लगता–दीवानगी का एक हलका-सा सफ़ेद बादल मेरे कमरे में भी उतर आया...

और जब एक दिन किशोर जी से बात करने लगी, तो अहसास हुआ–कमरे में गोविन्दा जी भी हैं, जो किशोरजी की ओर बड़ी भीगी हुई नज़र से देख रहे हैं। ख़ासकर उस वक़्त जब किशोर जी ने कहा–"उन्नीस सौ बानवे में मई-जून के दिनों में एक दोस्त को साथ लेकर मेरा मन हुआ निभाली से आगे भृगु-कुंड जाने का। लोगों ने बहुत कहां–इन दिनों वहां बहुत बर्फ़ है, अगस्त-सितंबर में जाना, जब वहां गांव वालों का मेला लगता है, लेकिन पता नहीं क्या था, जो मुझे वहां बुला रहा था। उस विशिष्ट स्थान पर सिर्फ़ गन्धक के चश्मे हैं, वहीं से क़ैंची मोड़ शुरू होते हैं। हर मोड़ का नाम क़ैंची एक, क़ैंची दो, क़ैंची तीन अंकों से बढ़ता जाता है। वहीं क़ैंची मोड़ चौदह के पास एक गांव पड़ता है– गुलाबा, जहां से चढ़ाई शुरू होती है। वहीं एक वादी है–रोलीखोली। वहां के लोग वादी को थाच कहते हैं। वहां कोई आबादी नहीं है, केवल पानी के कुछ झरने हैं, और रोलीखोली की वादी से ज्यादा ख़ूबसूरत कहीं कुछ दुनिया में होगा, मैं सोच नहीं सकता। वहां हरी घास बिछी हुई है, और पूरी वादी फूलों से भरी हुई है–सफ़ेद, लाल, पीले और बैंगनी रंग के फूल, और उन्हीं रंगों की तितलियां ...एक-एक झरने के पार पहाड़ी दिखती है, बर्फ़ से लदी हुई, पूरब दिशा की ओर। अगर पश्चिम दिशा की ओर देखें, तो बहुत दूर सिर्फ़ बर्फ़ दिखाई देती है, जहां हनुमान टीला है, लद्दाखी टीला मिनाली चोटी और शिती धार..."

"वहां रोलीखोली में हमने कैम्प लगा लिया, दो दिन के लिए। मेरे पिता नहीं रहे थे, लेकिन उस वादी ने जाने क्या जादू जगा दिया कि मेरे अंतर की उदासी में मेरे पिता का स्मरण एक फूल की तरह खिलने लगा...मेरे पिता को दिल की बीमारी थी, इसलिए वो चाह कर भी ऋषिकेश नहीं जा पाए थे, लेकिन इस जगह मुझे लगा कि यहां वो आए हैं, मेरे साथ...

"दूसरे रोज़ हमें पहाड़ी पर जाना था, जहां चारों तरफ़ बर्फ़ थी, मेरा दोस्त ऊपर की ओर जाने लगा, लेकिन पता नहीं क्यों मेरे क़दम ठिठक गए, बर्फ़ पर क़दम उठते नहीं थे। हम लोगों ने गांव का एक लड़का साथ ले लिया था, रास्ता दिखाने के लिए, उस लड़के ने मेरा हाथ पकड़ा, मैंने दो-चार क़दम उठाए, और फिर बर्फ़ की तरह एक सफ़ेद-सा साया, मुझे लगा, मेरे साथ है, मुझे सहारा दे रहा है। अहसास हुआ, मेरे पिता हैं, और मैंने उस लड़के के हाथ से अपना

हाथ खींच लिया। अहसास हुआ, जब वे साथ हैं, तो मैं पहाड़ी पर जा सकता हूं...

"चोटी पर भृगु-कुंड था, क़रीब डेढ़ घंटे की चढ़ाई पर जाने के बाद वो दिखाई दिया, जहां कुंड के पानी पर भी पतली-सी बर्फ़ जमी हुई थी। जहां सूरज की किरणें इतने रंगों से खेल रही थीं, जैसे इन्द्रधनुष गोल होकर वहां उतर आया हो। पानी पर जमी बर्फ़ की सतह पर एक गोल धारी सुर्ख रंग की थी, एक पीले रंग की, और एक जामुनी रंग की। मैंने उस कुंड के पास बैठ कर उंगलियों से बर्फ़ को हिलाया, तो जो पानी दिखाई दिया, उसने जाने मुझसे क्या कहा कि मैंने दोनों हाथ जोड़ कर पानी को नमस्कार किया...

"किसी देवी-देवता के सामने इस तरह हाथ जोड़ देना मेरी आदत में नहीं है, लेकिन उस पानी की आत्मा जाने कैसी थी कि मेरे हाथ एक नमस्कार की मुद्रा में हो गए...

"और ठीक उसी समय मेरे सिर की तरफ़ से एक सफ़ेद-सा बादल जैसा कुछ ऊपर की ओर उठा, और फिर आसमान में विलीन हो गया। मुझे लगा–ये मेरे पिता की आत्मा थी, जो आज इस वक़्त एक सीमा से निकल कर असीम में मिल गई है, आकाश की अनन्तता में..."

मेरी पिघलती हुई आंखें कितनी देर ख़ामोश किशोरजी की तरफ़ देखती रहीं, और लगा–कमरे में किसी अहसास की तरह जो लामा गोविन्दा थे, वो इस सफ़ेद बादल के रहस्य को जानते थे, इसलिए बड़ी शान्त आंखों से किशोरजी को देख रहे थे...

इतना भर मैं जानती थी कि किशोरजी ने जिस बंगाली लड़की से शादी की है, वो एनाकशी उनकी पत्नी से भी ज्यादा उनकी दोस्त हैं। पर्वतों की कड़ी यात्रा नहीं कर पाती, लेकिन मन से वो किशोरजी के साथ जाती हैं। उन्होंने अपनी पहली बच्ची का नाम एक फूल के नाम पर रखा है–शिऊली। पारिजात फूल को बंगाली में शिऊली कहते हैं और जब किशोरजी लेह से आगे नुबरा घाटी में गए थे–वहां के बौद्ध गुंपा और लद्दाख के स्तूप देख कर आए थे, तो उन्होंने अपने दूसरे बच्चे, बेटे का नाम अतीष रखा, उस अतीष के नाम पर जिन्होंने कभी तिब्बत में बौद्ध धर्म को प्रचारित किया था।

और अब जब वो भृगु-कुंड जाते समय की रोलीखोली वादी का ज़िक्र कर

रहे थे, फूलों और तितलियों की वादी का, तो गोविन्दा जी का एक अनुभव भी मेरे सामने आ रहा था–जहां वो क़ुदरत के मंज़र को देखते हुए लिखते हैं–"एक वादी है तिब्बत में, जहां देखा कि आसमान और ज़मीन ने अपने किरदार बदल लिए। उस वादी में आसमान गहरा नीला दिख रहा था, और वादी कई रंगों में इस तरह चमक रही थी, जैसे आसमान उस वादी से रोशनी लेता हो। वहां की सुर्ख और पीली चट्टानें इस तरह थीं, जैसे नीले मख़मल के से आसमान के सामने आग की लपटें उठ रही हों।"

और अब क़ुदरत के रंगों में भीगते से किशोरजी ने कहा– "अपने अंतर-अनुभव की बात मैं अकसर किसी से नहीं कहता। वहां भृगु–कुंड पर जो हुआ, आज पहली बार वो अनुभव मेरे होंठों पर आया है, और दूसरा अनुभव उन्नीस सौ तिरानवे में हुआ था, अगस्त-सितंबर के महीने में हम लोग चन्द्रताल गए थे। इस बार हम बारह दोस्त गए थे। टैन्टारौक पहुंचे, तो एक दोस्त बीमार हो गया था, इसलिए लौट गया था, और हम ग्यारह लोग थे, जिन्होंने चन्द्रताल पर अपना कैम्प लगा लिए। रास्ते में जगतसुख का मंदिर देखा, पांडवों के जमाने का, फिर एक हरियाली का टुकड़ा देखा, नदी के किनारे, जहां कहा जाता है कि कभी पांडव वहां रहे थे, और उन्होंने वहां कुछ बिजाई-कटाई भी की थी, लेकिन चन्द्रताल से आगे पर्वत की चोटी है–देवटीला। एक दूसरी चोटी है–इंद्रासन, लेकिन हममें से सिर्फ़ सात दोस्त थे, जिन्होंने पर्वत पर जाने की सिखलाई ली हुई थी, और हम चार लोग थे, जो नीचे चंद्रताल पर रहे, और वो सात देवटीला पर जाने के लिए तैयार हुए। हम दोस्तों में हिन्दू, मुसलमान सिख सब होते हैं। हम चार लोग कुछ दूरी तक उन्हें विदा करने के लिए गए, तब प्यारी-सी धूप निकल आई थी, लेकिन लौटते हुए अचानक इतने बादल आए, इतना कोहरा पड़ा कि पांच फुट की दूरी से आगे कुछ दिखाई नहीं देता था। हम चारों भी एक दूसरे से बिछड़ गए। ग्लेशियर से बहती हुई पानी की धारा के किनारे मैंने चलना शुरू किया, लेकिन कैम्प का रास्ता भूल गया। एक निशानी का पत्थर रखा था, वो भी कहीं खो गया। पानी इतने ज़ोर से बरसने लगा कि मैं भीगता-भीगता फिर पर्वत की ओर गया और उस पत्थर को खोजने लगा, जो निशानी के तौर पर नियत किया था। आख़िर कैम्प का रास्ता खोज लिया और क़रीब दो घंटे के बाद तीनों साथी भी वहां आ गए, लेकिन अब फ़िक्र थी–हमारे सात साथियों का क्या हुआ होगा ?

"इतने में बर्फ़ गिरने लगी, जो रात भर गिरती रही। हम चारों इतना डरे

हुए थे कि आपस में भी बात नहीं कर पा रहे थे। जो सात आगे गए थे, उनसे एक वायदा था कि हम रोज़ शाम को नीचे से बैटरी की रोशनी दिखाएंगे और वो लोग तीन बार ऊपर से बैटरी की रोशनी दिखाएंगे, जिससे पता चलेगा कि वो सही-सलामत हैं...लेकिन बरसते हुए पानी में और इतने गहरे बादलों के होते हुए बैटरी दिखाना नहीं हो सकता था...इतने में पर्वत की तरफ़ से पत्थरों के गिरने की आवाज़ें आने लगीं, और हर गिरते हुए पत्थर के साथ हमारे भीतर से कुछ गिरने लगा..."

"दूसरे रोज़ पानी तो बहुत नहीं पड़ा, पर बादल उमड़ते रहे। हम बैटरी से रोशनी दिखाते रहे पर कहीं से कोई जवाब नहीं आया। हम चारों एक दूसरे से बात करने से भी डरते थे...फिर तीन और चार सितंबर की रात थी, शायद दो या तीन बजे होंगे, जब मैं कैम्प से बाहर निकला, हाजत के लिए, तो पहले आसमान की तरफ़ देखा—वहां अब चांद भी दिखाई दे रहा था, सितारे भी। फिर नीचे नज़र की, तो देखा—कुंड के दूसरे किनारे एक बड़े से पत्थर पर कोई ऋषि बैठे हैं, केवल धोती पहने हुएं...मैं देखे जा रहा था कि यहां इस वक़्त कौन होगा कि क़रीब डेढ़-दो मिनट के बाद ऋषि का एक हाथ उठा—आशीर्वाद की मुद्रा में...

"मैं भागता हुआ कैम्प में गया। पहला बिछावन एक दोस्त सुरेन्द्र का था, मैंने उसका कंधा पकड़ कर कहा—जल्दी उठो, देखो, हमारे दोस्त ख़ैरियत से हैं—एक ऋषि का संकेत मिला है...लेकिन जब मैं सुरेन्द्र को लेकर बाहर आया तो वहां कोई नहीं था...वो ऋषि आलोप हो चुके थे...

"सुबह उठ कर हम सबने पर्वत की ओर देखा, वहां बर्फ़ कुछ इस तरह पिघली थी कि पूरे पहाड़ ज़ितने आकार की एक स्त्री दिखाई दे रही थी। उसके होठों पर हमें एक दिव्य मुस्कुराहट दिखाई दी...हमने जल्दी से उसकी कई तस्वीरें उतारीं, और हमें यक़ीन हो गया कि हमारे दोस्त सही सलामत हैं, फिर दूरबीन से देखा—सफ़ेद बर्फ़ पर सात कीड़े से रेंगते हुए दिखाई दे रहे थे। उस रात हमने भी बैटरी दिखाई और उधर से भी बैटरी की रोशनी दिखाई गई...

"वापस आकर उन लोगों ने बताया कि ठीक वही रात थी, तीन और चार तारीख़ की, जब दो बीमार हो गए दोस्त अचानक ठीक हो गए थे...।"

चन्द्रताल पर किशोरजी को दिखाई दिए उस ऋषि का चित्र तो कल्पना में देखना

होगा, लेकिन पूरे पहाड़ पर बर्फ की काया लेकर जो दिव्य शक्ति किशोरजी को दिखाई दी थी, उसका चित्र देखा जा सकता है...

और मेरी आंखों के सामने वो चित्र भी आया, जो एंक रात एक गुफा में बैठे हुए गोविन्दा जी ने बनाया था–अपना चित्र। लगा–मेरे कमरे में अहसास की तरह बैठे गोविन्दा जी मुस्कुरा से दिए हैं, उन्हें भी स्मरण हो आया है कि एक रात एक गुफ़ा में किसी एक शक्ति ने उनके पूरे बदन में प्रवेश कर लिया है। इस तरह कि उन्हें लगा–अब मेरी हस्ती भी मिट गई है, मेरा नाम भी...

और उन्होंने घबरा कर एक आईना सामने रख कर अपना चित्र बनाया, जिसके लिए उन्होंने लिखा–"इस चित्र में केवल मैं नहीं हूं, वो शक्ति भी है, जो मेरी आंखों से देख रही है..."

क़ुदरत के ये रहस्य क़तरा-क़तरा पीने के लिए होते हैं–कुछ कहने के लिए नहीं। इसलिए अब मैं भी ख़ामोश थी, किशोरजी भी।

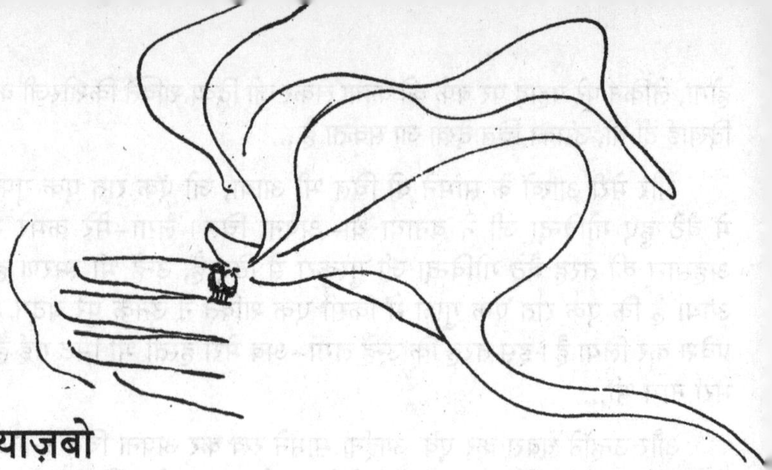

न्याज़बो

एक बहुत प्यारी और तीखी महक न्याज़बो नाम के पौधे की मिलकीयत होती है, जिसकी पत्ती को छू लें, तो हाथ सुगंधित हो जाते हैं, और उस पौधे को पानी देते हुए पानी देने वाले की सांसें तक महक जाती हैं, पर क़ुदरत का ये रहस्य कौन जानेगा कि पूनम बेदी के हाथ में पड़ी हुई पुखराज की अंगूठी अचानक कई बार न्याज़बो की सुगंध से भर जाती है, और ये सुगंध सिर्फ़ एक-दो दिन नहीं रहती, क़रीब एक महीने तक रहती है, फिर वो सुगंध कहीं अज्ञात में चली जाती है। इस तरह क़रीब दो-तीन महीनों के बाद वो फिर लौट जाती है और ये सिलसिला जारी है।

पूनम बहुत प्यारे दिल की मालिक हैं और जिस तरह क़ुदरत कोई रहस्य उनके हाथ की एक उंगली में रख देती है, उंगली में पड़े हुए पुखराज में, उसी तरह कई रहस्य वो उनकी नींद में आकर खोलती है...इस तरह के कुछ अनुभव मेरे कहने पर पूनम जी ने ख़ुद लिख दिए हैं–

"विरासत में अपने मां-बाप के रंग-नक्श तो मिलते हैं, कई बार स्वभाव भी, लेकिन मैंने हैरानी से देखा कि मुझे आने वाली घटनाओं के संकेत जो सपनों में मिलते हैं, ये पहलू भी मैंने अपनी मां से विरासत में पाया है। बस, इतना फ़र्क है कि मां को अक्सर बच्चों के सिलसिले में ही स्वप्न आते थे, पर मुझे कई बार देश में होने वाली घटनाओं के संकेत भी मिल जाते हैं...

पहले मां की बात करूंगी, १९८० की, जब उन्होंने देखा कि मेरी बड़ी बहन के घर बेटा हुआ है, और उन्होंने बच्चे को लेकर मेरी गोद में डाल दिया है।

वो जागी, तो कुछ हैरान थी कि वो बच्चा मुझे बड़ी बेटी की गोद में देना था, लेकिन छोटी बेटी की गोद में क्यों दे दिया ? और थोड़े ही दिनों के बाद, जुलाई के महीने में मेरी बड़ी बहन के घर बेटे का जन्म हुआ, और जन्म लेते ही वो बच्चा इस दुनिया से चला गया। मैं ठीक उसी महीने उम्मीदवारी से हुई, और नौ महीने के बाद मेरा बेटा हुआ।

ज़ाहिर है यह वही बच्चा था, जो पहले मेरी बड़ी बहन की कोख में आया, फिर मेरी कोख में। अब ये रहस्य पकड़ में नहीं आता कि पूर्व जन्म का कौन- सा लेना-देना था कि बच्चे को एक बार एक दूसरे गर्भ में ज़रूर जाना था।

अब कुछ अपनी बात करती हूं, और सपनों की बात करने से पहले उस रहस्य की बात करती हूं, जो अभी तक मेरी पकड़ में नहीं आया। १९९४ के नवंबर महीने की बात है–अचानक मेरी उंगली में पड़ी हुई पुखराज की अंगूठी से तेज़ सुगंध आने लगी। मैं समझ नहीं पा रही थी कि ये ख़ुशबू पुखराज से आ रही होगी, इसलिए इधर-उधर देखने लगी। ये भी सोचा कि शायद मैंने किसी सुगंधित वस्तु को हाथ लगाया था, पर ऐसा नहीं था, सुगंध तो मेरी तरजनी में पड़ी हुई पुखराज की अंगूठी से ही आ रही थी। घर के लोगों ने भी बार-बार इस सुगंध को महसूस किया, और ये एक दिन की बात नहीं थी, पूरा एक महीना आती रही, और फिर ग़ायब हो गई। फिर दो-ढाई महीने के बाद इसी तरह हुआ–तेज़ सुगंध आने लगी। एक-आध दिन तो हलकी रहती है, फिर तीखी हो जाती है। तब से हर दो-ढाई महीने के बाद ऐसा होता है...

साथ ही कहना होगा कि जिन दिनों पुखराज से सुगंध आती है, उन दिनों मेरा रेडीमेड कपड़ों का सिलसिला मुझे अचानक अधिक मुनाफ़ा देने लगता है...

अब मन की हालत ये है जब काम से कुछ मुनाफ़ा कम होने लगता है, तो मैं कपड़े के व्यापारियों से बात करने की जगह अपनी अंगूठी की सुगंध का इंतज़ार करने लगती हूं।

सपने तो बहुत हैं, लेकिन एक ख़ास सपने की बात करती हूं–राजीव गांधी की मौत से क़रीब डेढ़ साल पहले, देखा–वो सफ़ेद कपड़े पहने कहीं भाषण दे रहे हैं और एक सांवले से रंग की औरत, जिसने माथे पर बड़ी-सी बिंदिया लगाई

हुई है, वो उन्हें बार-बार परेशान करती है, पास आती है, बहुत पास आना चाहती है, और उसे बार-बार दुर हटाया जाता है। फिर कुछ दिनों बाद देखा–राजीव गांधी शहीद स्मारक, इंडियागेट के पास खड़े हैं, स्मारक के सामने हाथ जोड़ कर अकेले। इतने में कुछ लोग घोड़ों पर आते हैं, उनके ज़िर, चेहरे ढके हुए हैं और वो पास आकर अपने-अपने बर्छे से राजीव गांधी पर हमला करते हैं। राजीव नीचे गिर जाते हैं और सुर्ख़ रंग उनके बदन पर इस तरह बिछ जाता है, जैसी सुर्ख रंग की चादर ओढ़ा दी हो...

उस समय मैंने एक लंबा ख़त लिखा राजीव जी को, जिसकी कॉपी अमृता जी के नाम भी डाक में डाल दी। अमृता जी से तो खैर टेलीफ़ोन पर बात भी हुई, पर नहीं जानती कि वो ख़त राजीव जी के हाथ पहुंचा था या नहीं।

बाद में ज्योतिष विद्या के जानने वालों ने कहा–घोड़े पर सवार व्यक्ति धनु राशि का प्रतीक होता है, और अजीब बात है कि जिस औरत के द्वारा राजीव जी की हत्या हुई, उसका नाम भी धनु ही था।

मई, १९९४ की बात है, हमारे (मेरे और मेरे पति के) एक मित्र हैं, बहुत ही आदरणीय, मैंने उन्हें सपने में देखा। वो बहुत से लोगों की भीड़ के सामने खड़े हैं, जहां ज़मीन पर बहुत-सा पानी है। वों भीड़ उनकी किसी बात पर अचानक हंसने लगती है, और फिर उस भीड़ पर एक उन्माद-सा छा जाता है। फिर देखती हूं वो लोग उनको पकड़ कर पानी पर गिरा देते हैं, साथ ही उनके पहने हुए वस्त्र फाड़ देते हैं...मैंने घबरा कर उन्हें अपना सपना बताया, तो उन्होंने कहा आज से तीस साल पहले ये घटना हुई थी, कुछ इसी तरह के अपमान की कि उन्हें वो शहर छोड़ना पड़ा था...

तभी सपना आया कि वो एक इमारत की छत पर से नीचे उतर रहे हैं, लकड़ी की सीढ़ी पर से, और बदन पर कोई वस्त्र नहीं है, इसलिए वो अपने बदन को छिपाते से जल्दी-जल्दी सीढ़ियां उतर रहे हैं...

इस सपने ने जो संकेत दिया था, उसकी बात पूछना ही नहीं था। उन हालात को सबने देखा कि उन्हें किस तरह किसी मसले पर अपमानित किया गया...!

फिर वक़्त आया उन्हें नाम भी मिला, पैसा भी; सम्मान भी, लेकिन मैंने सपनें में देखा–वो अपने घर पर हैं, साफ़ वस्त्र पहने हुए कि उस समय दो औरतें

उनके पास आती हैं, एक विवाहित है, दूसरी अविवाहित, और किसी तरह राजनीति से जुड़ी हुई। वो जो विवाहित थी, उसने उनसे दो साड़ियां मांगी, कहा– बाद में कीमत चुका दूंगी। उन्होंने उसकी बात पर ग़ौर नहीं किया, लेकिन जो अविवाहित थी, उसे उन्होंने सफ़ेद रंग की साड़ी दी, जिसका किनारा सुर्ख़ रंग का था। वो कहती है–अभी तो घर जा रही हूं, फिर वहां से आकर मैं इसकी कीमत चुका दूंगी...

इस सपने से मुझे तो ज़ाहिर हो गया कि उनके जीवन में किसी स्त्री का प्रवेश हुआ। साड़ी का सफ़ेद रंग और सुर्ख़ किनारा शुक्र और मंगल की युति को बताते हैं, स्त्री और पुरुष के मिलन की अवस्था को, और ये भी ज़ाहिर था कि वो मिलन स्थायी नहीं होगा, क्योंकि वो कहती है–'अभी तो घर जा रही हूं, फिर वहां से घर आकर इसकी कीमत चुका दूंगी...'

उनकी ज़िंदगी में एक अधूरे से रोमांच की बात मैंने उनसे पूछी। उन्होंने इनकार की सूरत में तो जवाब नहीं दिया, बात को कुछ इधर-उधर कर दिया।

अब एक सपने में देखा है कि देश की हालत अच्छी नहीं है। लोग भाग कर किसी बड़ी इमारत में पनाह ले रहे हैं, और बाहर कुछ लोग हैं, जो सबकी हथियार बांट रहे हैं...

मैं कुछ सोच नहीं पा रही कि ये क्या देखा है और क्या होने वाला है, सिर्फ़ दुआ मांगती हूं कि देश की हालत बहुत न बिगड़े...

याद आता है–गोर्बाचोफ़ का नाम जब चारों ओर था, तब मैंने सपना देखा कि वो कहीं अकेले में पड़े हैं, एक कमरे में, और बहुत दिन नहीं हुए थे, जब ख़बर मिली थी कि गोर्बाचोफ़ को हाउस अरेस्ट कर लिया गया है...

इसी तरह गिरजा व्यास मेरी मित्र है, और जब वो उपमंत्री थीं, उनकी हिफ़ाज़त के लिए अंगरक्षक हमेशा रहते थे, लेकिन एक दिन मैंने देखा कि वो कहीं अकेली जा रही हैं, कोई अंगरक्षक नहीं है। फिर बहुत दिन नहीं हुए थे जब उन्हें पद से हटा दिया गया, जहां किसी अंगरक्षक की ज़रूरत नहीं थी...

इसलिए सोचती रहती हूं कि अब जो आसमान स्याह दिखता है और हवाईजहाज़ चक्राकार गति में उड़ रहे हैं, साथ ही कोई जलता हुआ हथियार नीचे

फेंकते हैं, तो मन डर जाता है—जाने खुदा क्या होने वाला है...

सपनों में तो संकेत मिलते हैं कभी-कभी जागृत अवस्था में कोई स्थान भी अपनी बात कहने लगता है। अगर स्थान ठीक न हो तो मुझे नेगेटिव वाइब्रेशन्स आने लगती हैं। केवल स्थान नहीं, किसी की सूरत भी कुछ कहने लगती है। अभी हाल ही में एक पति-पत्नी हमारे घर आए, मेरे पति को अपनी जन्मपत्री दिखाने के लिए। उनके साथ कोई और भी था, एक आदमी। मैंने अकेले में अपने पति से कहा—इन लोगों की जन्मपत्री तो आप बाद में देखना, मुझे तो इनका रिश्ता ठीक नहीं लग रहा। कहीं बहुत कुछ उलझा हुआ है।

रोहित जी हंस दिए, कहने लगे—"खुदा जाने, तुम्हें क्या-क्या दिखाई देता रहता है। वो तीसरा आदमी उसके बड़े भाई का दोस्त है, बस..."

बहुत दिन नहीं गुज़रे थे कि पता चला—उस स्त्री के पति ने उस बड़े भाई के दोस्त को चाकू मार दिया था, इतना गहरा कि उस आदमी को अस्पताल ले जाना पड़ा, और पति को बहुत दिन तिहाड़ जेल में रहना पड़ा... ।

घटनाएं तो बहुत हैं, सपने भी बहुत हैं, पर इस समय इतना-सा ही लिख पाना ठीक होगा। सिर्फ़ एक बात और लिख दूं कि चैत के नवरात्रि में शिरडी साईं मुझे आसमान में दिखाई दिए, नवमी के दिन, और वहीं से उन्होंने हाथ उठा कर मुझे आशीर्वाद दिया...

माथे का तिलक और सपनों की लीला

कहीं पढ़ा या सुना नहीं था, लेकिन देखने में आया कि कुलदीप जी के माथे पर हर शनिवार को गुलाबी से रंग का एक बड़ा-सा तिलक ख़ुद-ब-ख़ुद लग जाता है। मंगलवार के दिन भी ऐसा होता है, लेकिन तिलक का निशान कुछ मद्धिम होता है, लेकिन शनिवार को तिलक के आकार जितना उनके माथे का हिस्सा गुलाबी रंग का ठीक तरह से दिखाई देता है।

पूर्व जन्मों का अध्ययन करने वाले कुछ ऐसे वाक़यात तो लिखते हैं कि अगर पूर्व जन्म में चाकू-छुरी जैसा कोई हथियार लगने से किसी की मृत्यु हुई हो, तो कई बार उसके इस जन्म में उसके बदन पर ठीक उसी जगह उस हथियार से हुए ज़ख्म का निशान मिलता है। हो सकता है कि कुलदीप जी के पूर्व जन्म की साधना का ताल्लुक पूजा, अर्चना और तिलक से इतना गहरा रहा हो कि उसके स्मरण में, उनकी चेतना इस जन्म के शरीर पर भी उसका निशान ला देती हो।

मेरे कहने पर उन्होंने तिलक की और सपनों की बात स्वयं क़लमबंद कर दी है।

कुलदीप कौर की क़लम से...

मेरे जन्म के समय मां ने कहा–"ये लड़की भी नहीं बचेगी, इसके माथे पर भी तिलक है।"

ये ख़्याल मां के मन में इसलिए आया, क्योंकि मेरे जन्म से पहले जो एक लड़की और दो लड़के पैदा हुए थे, वो सब जन्म लेते ही इस दुनिया को छोड़ गए। उनके माथे पर भी शिवजी का तिलक था, और मां सोचती थी कि शिवजी के तिलक वाली ये लड़की भी ज़िन्दा नहीं रहेगी।

जिस मां के तीन बच्चे इस दुनिया में जन्म लेते ही दुनिया से चले जाएं, उस मां की हालत क्या होगी!

उन दिनों मेरी मां को किसी ने कहा कि जिला अमृतसर के गुरुद्वारा छिहरटा साहब जाकर पंचमी का स्नान करें, तो आपके बच्चे बच सकते हैं। मेरी मां ने ये बात मान ली और हर पंचमी के दिन वहां जाकर स्नान करने लगी। मां ने बताया कि परमात्मा इम्तहान लेता है। अजीब बात थी कि हर पंचमी के दिन मां को एक सौ चार या एक सौ पांच डिग्री बुख़ार हो जाता, पर वो स्नान करने के लिए ज़रूर जाती। मेरे दादा जी कहते थे कि ये बच्चों के लिए अपनी जान खो देगी, इतना बुख़ार है, लेकिन फिर भी स्नान करने चल देती है। मां गुरुद्वारे में जाती, हाथ-मुंह धोती और प्रार्थना करती–"हे, परमात्मा! मेरी झोली भर दे। बेटी दे, या बेटा, लेकिन वो मेरी आंखों के सामने रहे।"

गुरुद्वारा छिहरटा साहब के बारे में एक कहानी कही जाती है कि जब छठे गुरु हरिगोविन्द जी अमृतसर से जा रहे थे, तो एक निष्ठावान बीबी सुलखणी ने अपने मन में प्रार्थना की–'हे, गुरु नानक साहिब की गद्दी के जांनशीन! मेरे पर हरम कर और मुझे बेटे का दान दे दे।' कहा जाता है कि गुरु हरिगोविन्द जी कुछ मीलों के फासले पर थे कि अचानक उन्होंने अपना घोड़ा छिहरटा की तरफ़ मोड़ लिया और उस बीबी की मुराद पूरी की। ये भी कहा जाता है कि जब वह घोड़े पर बैठे एक पुत्र का वरदान काग़ज़ पर लिखने लगे, तो घोड़ा हिल गया और एक की जगह वहां अंक सात लिखा गया, और उस बीबी के यहां सात पुत्र पैदा हुए। उस समय से लेकर अब तक औरतें वहां मन्नत मांगती हैं, और उन्हें औलाद का वरदान मिलता है।

मैं बात कर रही थी अपने समय की। मां बताती है कि मेरे जन्म के समय घर में और कोई नहीं था। मेरी दादी जी कपड़े धोने के लिए बाहर गई हुई थीं, नदी से जब वो वापस आईं, तो मां से नाराज़ हुईं कि पहले क्यों नहीं बताया, मैं पास रहती। मेरे जन्म के समय मां ने, अकेली मुझे सम्भाला, अपने को भी, मुझे भी।

मैं बहुत छोटी थी, जब हमारे घर के आस-पास की औरतें मुझे बुला कर पूछतीं कि बोलो, हमारे घर की छत पर कौआ है या चीड़ी ? उस समय मैं जो बोल देती उसी के मुताबिक़ उनके घर में लड़का या लड़की पैदा होती।

मां ने बताया–जब मैं चलने लगी, तो गुरु नानक जी की तस्वीर के आगे जाकर खड़ी हो जाती। कुछ और बड़ी हुई तो गुरु नानक से एक भाई मांगने लगी। कुछ समय के बाद मेरे यहां मेरे भाई ने जन्म लिया, वो जब कुछ बड़ा हुआ, तो अकसर मेरे बाल खींचता था। मैं हंसती रहती। अपने बाल उसके हाथों में दे देती, लेकिन एक दिन मैं उससे रूठ गई और गुरु नानक की तस्वीर के सामने खड़े होकर एक और भाई मांगने लगी। मैं नहीं जानती क्यों ? लेकिन मैंने प्रार्थना में कहा–"बाबा! अब की मुझे काले रंग का भाई देना।"

कुछ समय के बाद मेरे दूसरे भाई का जन्म हुआ, जो सचमुच गहरे सांवले रंग का है। अब तक हम लोग उसे काला कह कर पुकारते हैं।

मां बताती है कि हमारे घर में एक बार कोई साधु-संत आया था। उसने मां से कहा था–"आपकी इस बेटी को तो संसार में जन्म लेना पड़ गया है, ये पिछले जन्म में साधना करती थी। देखो, अभी तक इसके माथे पर तिलक लगा हुआ है। आप लोग इसे कभी किसी बात पर झिड़कना नहीं।"

घर में हम बहनों को भाइयों के बराबर ही दर्जा दिया गया है। दूसरी बात यह भी थी कि मां-बाप अक्सर कहते–"इसे कुछ मत कहना, ये भाई लेकर आई है।" दो भाइयों के जन्म के बाद मैंने कभी और भाई के लिए प्रार्थना नहीं की, शायद यही कारण होगा कि मेरे मां-बाप के घर फिर और लड़का पैदा नहीं हुआ, लेकिन लड़कियां ज़रूर पैदा हुईं।

मेरी शादी से पहले की बात है–मुझे बी. एड. में दाख़िला मिल गया, लेकिन मेरे भाई को नहीं मिला। मन उदास था, प्रार्थना की–"हे, ईश्वर! मेरे भाई को नौकरी मिल जाए और मेरी बी. एड. की क्लास अभी शुरू नहीं हुई थी कि मेरे भाई को पंजाब एंड सिंध बैंक में नौकरी मिल गई।"

मेरी शादी के बाद दो साल औलाद नहीं हुई, तो मेरी सास-मां को चिन्ता होने लगी। घर के पास एक मंदिर था, सुना था कि वहां का पुजारी हाथ देखना जानता है। एक दिन सास-मां ने मेरी ननद से कहा–"जा, भाभी को मंदिर में ले जा और इसका हाथ पुजारीजी को दिखा दे।" हम दोनों गए और उसने मेरा

हाथ देख कर कहा–"दो पुत्र पैदा होंगे, अगर ये सोलह सोमवार व्रत रखे ।"

हमने पंडित जी से तिलक की बात पूछी, तो उन्होंने इतना ही कहा–"ये अच्छा होता है, हर एक के माथे पर नहीं होता ।" मैंने सोलह व्रत रखे और उसके बाद भी नौ महीने व्रत रखती लेकिन बच्चे की उम्मीदवारी नहीं हुई।

अब मेरी मां को भी चिन्ता होने लग गई। उन्होंने कहा कि मैं छिहरटा साहब जाकर पंचमी का स्नान करूं। घर में पति इन बातों को नहीं मानते थे, अकेली मैं नहीं जा सकती थी कि एक दिन मेरी ननद-बहन और उसके पति हमारे घर आए कहने लगे–"चलो, कुलदीप, छिहरटा साहब वसंत पंचमी के दिन चलें।"

वो मुझे कोट ख़ालसा से छिहरटे तक पैदल ही लें गए। मैं बहुत थक गई, लेकिन परमात्मा मेहरबान हुआ और फिर हर महीने मेरी ननद-बहन मुझे वहां ले जाती रही। साथ व्रत भी रखती थी, जिस तरह पंडित ने कहा था, और लगता है दोनों बातें सच हुईं। हमारे घर दो पुत्र पैदा हुए।

मेरे घर बेटा होने से घर में बहुत खुशी मनाई गई। मेरी बड़ी बहन की पांच लड़कियां थीं लेकिन बेटा नहीं था और कुदरत का ये रहस्य कोई नहीं जानता कि मेरे बेटे के जन्म से पांच महीने बाद मेरी बहन के घर भी बेटे ने जन्म लिया। मेरे जन्म के बाद मेरे भाइयों को जन्म हुआ था, और फिर मेरे बेटे के जन्म के बाद दूसरे परिवारों में पुत्र पैदा हुए।

मैंने एक जगह नौकरी के लिए दरख़्वास्त दी थी। रात को सपना आया कि उन लोगों ने मुझे वहां बैठा कर दरख़्वास्त लिखने के लिए कहा। मैंने अंग्रेजी में लिख कर रख दी और उन्होंने काग़ज़ के दूसरी तरफ़ पंजाबी में लिखने को कहा। जब अपने इस सपने की बात मैंने घर में की, तो सब हंस दिए, लेकिन जब मैं इन्टरव्यू देने गई, तो सचमुच ही उन्होंने मुझे अंग्रेजी में लिखी अर्ज़ी के दूसरी ओर पंजाबी में लिखने को कहा।

एक बार मैंने सपने में देखा कि मेरे मौसा जी तीन दिन से मेरे घर की परछत्ती पर मरे पड़े हैं। वहां मैं हूं, मेरी नानी जी हैं और मेरी मां है। मैंने कहा–"कोई बात नहीं। हम लोग इनका दाह-संस्कार कर देंगे ।" मैं अपने पति को लकड़ियां लाने के लिए कहती हूं और मेरी आंख खुल जाती है। समय क़रीब

तीन-चार बजे का होगा। मैं ईश्वर के आगे प्रार्थना करने लगी कि मैंने ये क्या देखा है!

इस मेरे सपने को सुनकर सबका उदास होना लाज़िमी था। घर पर फ़ोन करने के लिए सोचा, पर फ़ोन नहीं किया। क्या कहती ? सब जानते थे कि होने वाली घटनाएं मुझे सपनों में दिखाई दे जाती हैं।

कुछ दिनों के (बाद हम लोग अमृतसर गए, तो पता चला मौसा जी अस्पताल में हैं। वो तीन दिन से होश में नहीं थे और बचने की कोई उम्मीद नहीं थी।

मेरी एक बुआ मेरे माता-पिता के पास रहती थीं। उसके अपने घर में सुख नहीं था और वो अपना परिवार और बच्चे छोड़ कर यहां रहती थी। हमारा सब बच्चों का उनसे बहुत प्यार था। मुझे एक दिन सपना आया कि बुआ जी इस दुनिया से चली गई हैं। जागी तो चिंता हुई, लेकिन किसी से पूछने की हिम्मत नहीं हुई, और वही हुआ कि कुछ दिनों बाद बुआ जी की मौत की ख़बर मिली।

हम दिल्ली सरस्वती बिहार में रहते थे। वहां चार मकान बदले एक वर्ष के बाद हर मालिक-मकान किसी-न-किसी बहाने से मकान ख़ाली कर देने को कहता। सब किराया बढ़ाना चाहते थे, फिर जिस मकान में हम आख़ीर में रहे, उसने हमें एक महीने के बाद ही मकान ख़ाली करने को कह दिया। १६८४ के बाद सिख भाईचारे की हालत ठीक नहीं थी। कोई भी उन्हें मकान किराए पर देने को राज़ी नहीं होता था। जहां हम रह रहे थे, वो दो कमरों का मकान था और मालिक-मकान ने कोई मजबूरी बता कर एक कमरा हमसे ख़ाली करा लिया। बहुत-सा सामान छत पर रखवा दिया, तब मेरे मन में आया कि अपना घर लेना है, भले ही एक कमरे का हो। मैं अपने पति मोहनजीत जी से कहने लगी कि किसी तरह भी हो, एक घर ले लो, चाहे एक कमरे का हो। एक रात सपना आया, किसी ने कहा–"एक कमरे का घर मिल जाएगा, और साथ ही कहा अड़सठ बारी पाठ करना है। ये बड़ा अजीब सपना था, लेकिन सुबह उठ कर मैंने घर में कह दिया कि अब जल्दी हमें अपना घर मिल जाएगा।"

कुछ दिनों बाद मेरी मां और भाई आए। मैंने अपनी मां से कहा–"मेरे पास कुछ रक़म है, कुछ आप दीजिए, नहीं तो मैं ज़िंदगी में कभी मकान नहीं ले पाऊंगी।"

भाई ने और छुट्टी ले ली और चार-पांच दिन इधर-उधर घूमता रहा कि कहीं थोड़ी रक़म में कोई जगह मिल जाए, फिर जनता फ्लैट में हमें छोटा-सा घर मिल गया। ये सौदा २६ जनवरी के दिन हुआ था और भाई दस हज़ार रुपए का स्टाम्प पेपर देकर चला गया। चाबी हमें दो महीने के बाद मिलनी थी। मैं कुछ परेशान थी, लेकिन ग़नीमत हुई कि तीन महीने के बाद हमें चाबी मिल गई। हम अपने नए घर में बहुत ख़ुश थे कि अब इसमें से हमें कोई नहीं निकाल सकता।

ये घर इतना शुभ हुआ कि ठीक साथ वाला एक कमरे का फ्लैट हमें बाद में मिल गया।

मैं रोहिणी से शालीमार बाग़, पंजाबी अकादमी की ओर से पार्ट टाइम अध्यापिका के तौर पर स्कूल जातीं थी। एक दिन किसी ने मोहनजीत जी से कहा कि आप कुलदीप को किसी पब्लिक स्कूल में क्यों नहीं लगा देते, ये इतनी तालीमयाफ़्ता हैं। उन्होंने कहा कोशिश करनी होगी, हो सकता है, और एक दिन मैंने सपने में देखा कि वज़ीरपुर डिपो से बस में बैठी हूं चौक में शिवजी की सूरत वाले दो साधु मुस्कराते हुए दिखाई दिए। मुझे लगा–मैं गलत बस में बैठ गई हूं। अगले चौक में बस से उतरी तो वही साधु फिर उस चौक में मुस्कराते हुए दिखाई दिए। ये सपना मैंने घर में सबको बताया और कुछ ही दिनों बाद मुझे पूरे वक़्त की एक बड़े स्कूल में नौकरी मिल गई।

एक बार सपने में दिखाई दिया कि मेरे जीजा जी को बहुत चोट लगी है। सुबह के तीन-चार बजे का समय होगा, ईश्वर का नाम लेते-लेते जागी। सबको सपना सुनाया। घर पर फ़ोन किया। पता चला सब ठीक है, लेकिन जब अमृतसर गई, तो पता लगा जीजा जी का हाथ मशीन में आ गया था और कुछ दिन अस्पताल में रहे थे। एक उंगली बड़ी मुश्किल से जुड़ी, लेकिन अभी तक टेढ़ी है।

इसी से मिलता-जुलता सपना एक और आया, जिसमें देखा कि मेरे भाई का एक्सीडेन्ट हुआ है। मैं बहुत उदास थी। रोटी भी नहीं खा रही थी, फ़ोन किया, जवाब मिला सब ठीक है, लेकिन थोड़े दिनों के बाद वही हुआ, भाई को अस्पताल ले जाना पड़ा।

एक दिन सुबह सपने में देखा कि हरि मंदिर साहिब गई हूं। वहां किसी ने आम का आधा फल दिया। जागी तो हैरान थी कि वहां कभी फल का प्रसाद

नहीं मिलता। ये ज़रूर कोई अच्छा संकेत होगा और कुछ दिनों के बाद मेरे बेटे को जैसे वो चाहता था, इंजीनियरिंग कॉलेज में सीट मिल गई। इस सिलसिले में हम चंडीगढ़ गए थे। वहां सपना आया कि सीट तो मिल गई है, लेकिन दूर मिली है, और यही हुआ। बेटे को बीदर में दाख़िला मिला, बहुत दूर के शहर में।

मुझे आधे सिर में दर्द रहता था। एक दिन सपने में देखा–मैं और बच्चे घर का रास्ता भूल गए हैं। सबसे रास्ता पूछती हूं, पर कोई नहीं बताता। इतने में एक दरवेश आए। उन्होंने मुझे पालकी में बैठा लिया, बच्चों को भी, और फिर कुछ दूर जाकर कहा–"यहां से आपकी रोहिणी की बस मिल जाएगी।" वहां खड़ी थी कि देखा कि पास ही कोई स्थान है, कोई दरगाह दिखाई देती है! मैंने सोचा मैं भी दरगाह पर जाऊं, उसी समय आंख खुल गई। कुछ पकड़ में नहीं आया, लेकिन कुछ दिनों बाद अमृतसर गए, तो वहां किसी ने दरगाह पर जाने के लिए कहा। मैंने मीठे चावल की देग के लिए. पैसे दिए और दरगाह पर गई।

एक दिन सपने में देखा हरिद्वार में हूं। सोचती हूं, संसार का सब कुछ छोड़कर यहां आ जाऊं। सुबह उठ कर मैंने ये सपना घर में सुनाया और कहा–अगर मैं मर्द होती, तो सब कुछ छोड़ कर हरिद्वार चली जाती, लेकिन औरत हूं, इसलिए घर में ही रहना पड़ेगा। सुबह उठकर मैं गुरुनानक के दर्शन करती हूं और साथ ही सोचती हूं कि मेरे माथे पर तिलक तो शिवजी का है और सपने में भी वो ही दिखाई देते हैं, फिर भी गुरु नानक की तस्वीर मुझे सहारा देती है। ये रहस्य मेरी समझ से परे है।

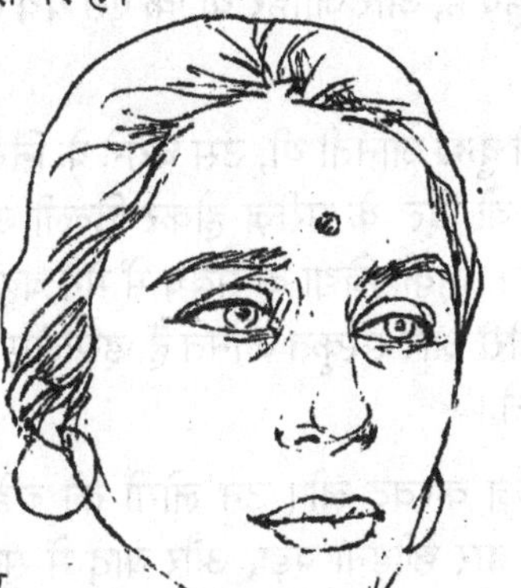

कुलदीप कौर

निरंजननाथ रैना की ज़िंदगी के कुछ पृष्ठ

कश्मीर के हालात अच्छे नहीं थे। फ़िरक़ापरस्ती बड़ी तेजी से सिर उठा रही थी, जब एक दिन 'इंदिरा गांधी ट्रस्ट' की मीटिंग में मैंने श्री राजीव गांधी के सामने एक मसला पेश किया था कि कश्मीर में शारदा लिपि में लिखे हुए कई प्राचीन ग्रंथ कइयों के घरों में हैं, जो इस समय बचा लेने चाहिए। राजीव गांधी इस बात से पूरी तरह सहमत हुए, लेकिन मीटिंग के एक-दो साहबान ने कहा–"ये मसला इंदिरा गांधी ट्रस्ट से ताल्लुक़ नहीं रखता, ये कल्चर के दूसरें महकमे का है।" और दूसरे महकमे के लिए सुझाव देकर इस मसले को फाइल में रख दिया गया और ये मसला उसी तरह एक मसला बना रहा...

उस समय मैं जाती तौर पर जानती थी कि शैविज़्म के एक रैना घराने के पास कुछ प्राचीन ग्रंथ पड़े हुए हैं, और जाहिर था कि ऐसे ग्रंथ वक़्त के कुछ और विद्वानों के घर में भी हैं...

जिस रैना घराने को मैं कुछ जानती थी, उस घराने के निरंजननाथ रैना मुझे पहली बार तब मिले, जब वो दिल के मरीज़ होकर दिल्ली आए थे, अस्पताल में, तब मेरे घर भी आए थे। उनकी विद्या के संबंध में मैंने बहुत कुछ सुना हुआ था, लेकिन वो केवल कश्मीरी और संस्कृत जानते हैं, इसलिए मिल कर भी कोई बात गहराई से नहीं हो सकी।

फिर वक़्त ने एक तेज़ करवट ली। उन लोगों को बड़े मुश्किल हालात में अपना श्रीनगर का घर-बार छोड़ना पड़ा, और बाद में सुना कि उनका घर जला दिया गया और इस तरह प्राचीन ग्रंथों का जाने कितना ख़ज़ाना था, जो

कश्मीर की आग में जल कर राख हो गया।

श्री रैना से सीधी बातचीत का सिलसिला नहीं हो सकता था। ये भी सुना अब उम्र और बड़ी होने के कारण उन्हें सब-कुछ भूलता जा रहा है, पर मेरे मन में ये तलब थी, उनके जाती अनुभवों को उनसे जानने की, और पता चला कि उनके काग़ज़ों में से थोड़े से पृष्ठ, उनके अपने लिखे थे, उनके बेटे को मिल गए हैं। फिर उन्होंने मेरे पास बैठ करे वो पृष्ठ संस्कृत से अनुवाद करा दिए।

आजकल वो अजमेर में हैं, जहां उनके पोते को कॉलेज की नौकरी मिल गई है और सुना है कि अब वो मन की इस अवस्था में हैं कि उठते-बैठते अन्न को, पानी को, पेड़-पौधों को और पशु-पक्षियों को चुपचाप हाथ जोड़कर नमस्कार करते दिखाई देते हैं।

उनकी अपनी ज़िंदगी के बारे में उनके लिखे हुए जो थोड़े से पृष्ठ मिले हैं, उनका अनुवाद यहां दे रही हूं–

"मेरा जन्म १९०५ का है, अष्टमी मास के कृष्ण-पक्ष की द्वितीया का। मेरे पिता शाक्त परम्परा में दीक्षित हुए थे। हम लोग कर्फली मोहल्ला श्रीनगर में रहते थे। जहां तक वंशावली मिलती है, पता चलता है कि हमारे पूर्वज सिद्ध रैना थे और उस वंश में हमेशा एक ही पुत्र की प्राप्ति होती है। सिद्ध रैना के बेटे दया रैना थे, संस्कृत के विद्वान। उनका बेटा भवानी रैना था, जिन्होंने इंद्रकूट पर जाकर पूरे दस वर्ष नंदकेश्वर की आराधना की थी, और कहा जाता है कि उन्हें नंदकेश्वरजी के साक्षात् दर्शन हुए थे।

भवानी रैना जी का पुत्र राजरैना था, जिनका बेटा जवान उम्र में चला गया, इसलिए एक-ढाई साल के बच्चे को गोद ले लिया गया, जिससे ये वंश चला...

वो बच्चा मैं हूं–निरंजननाथ रैना

एक पुत्र पैदा होने के साथ ये परम्परा भी थी कि जब बेटे का जन्म होता, बच्चे को हारी पर्वत पर बनी मख़दूम साहब की दरगाह पर दे दिया जाता था। सीढ़ियों पर रख दिया जाता था। दरगाह का पीर उस बच्चे को गोद में ले लेता और फिर बच्चे के मां-बाप से शाली (धान) और कुछ तोहफ़ा लेकर बच्चा लौटा देता था।

मुझे भी इसी तरह मख़दूम साहब की दरगाह से लिया गया था। मैं बड़ा

हुआ, तो मुझे एक अहसास शिद्दत से आया कि अगर कोई बच्चा किसी पीर को दे दिया जाता है, तो फिर उसका मोल चुकाने वाला कौन होता है. ? उसको तो वापस लिया नहीं जा सकता।

मेरी शादी हुई, देवकी के साथ जिसका नाम ससुराल में शोभावती रखा गया। अजीब इत्तिफ़ाक़ हुआ कि मेरे पांच बेटियां हुई, लेकिन बेटा नहीं हुआ, लेकिन मेरा वो इरादा बना रहा कि अगर क़ुदरत मुझे बेटा देगी, तो मैं पीर की दरगाह पर नहीं दूंगा, अगर दूंगा तो वापस नहीं लूंगा...

हमारे यहां एक ये मान्यता भी चली आती है कि जिस स्त्री के यहां बेटा नहीं होता अगर वो शिव के बेटे कुमार कार्तिकेय की पूजा करे, हर शुक्लपक्ष की छठी को और आसपास के छोटे बच्चों को खीर खिलाए, तो बेटा ज़रूर पैदा होता है। मेरी पत्नी ने हामला होने पर ठीक इंस तरह व्रत रखी और पूजन किया और हमारे यहां बेटा पैदा हो गया।

अपने बेटे के जन्म के साथ ही मैंने वो परम्परा आगे नहीं चलने दी। मन में था, अगर अपना बच्चा पीर को दे दूंगा, तो फिर वापस नहीं लेना है, और मुझे बेटा चाहिए था, इसलिए मैं पीर की दरगाह पर नहीं गया।

मैंने अपनी दादी पद्मा से दीक्षा ली थी और भुवनेश्वरी की यंत्र साधना करता था। उस साधना से कुछ अन्तर्दृष्टि इस तरह आई कि लगा–अगर किसी बीमार को मैं यंत्र को धोकर उसका पानी पिला दूं, तो वो राजी हो जाएगा, और ऐसा हुआ। ये बात दूर तक फैल गई, तो लोग दूर-दूर से आने लगे, और शिफ़ा पाने लगे। यहां तक हुआ कि गांवों में जिन लोगों की गाय दूध नहीं देती थी, वो भी मेरे पास आने लगे और मैं सरसों के तिलों पर यंत्र का पानी छिड़क देता, और जब वो तिल गाय को खिलाए जाते, गाय दूध देने लगती...

लेकिन एक बात है, जब मेरी दादी ने मुझे दीक्षा दी थी, साथ हिदायत भी दी थी कि तुम ज़िंदगी में जिसका भी कोई काम करो, उससे पैसा कभी नहीं लेना। इसलिए मैंने किसी मरीज़ से कभी पैसा नहीं लिया।

उस समय कश्मीर के सबसे बड़े पंडित ज्योतिष विद्या के आचार्य शंकर बरेट माने जाते थे। वो मेरी बड़ी बहन के ससुर थे, इसलिए मैंने उनसे ये विद्या प्राप्त की और मेरी आराध्य देवी भुवनेश्वरी ने मुझे एक अंतर्दृष्टि दी कि जब मैं किसी की जन्मपत्री देखता, तो बीती हुई घटनाएं भी दिखने लगतीं और आने

वाली घटनाएं भी...सितारों की विद्या श्री शंकर जी से पाई और अंतर्दृष्टि अपनी देवी से...

मेरी एक बेटी उमा थी, जिसका ब्याह हो चुका था कि अचानक एक रात आंखों के सामने उसकी मौत दिखाई दी, और मुश्किल से तीन दिन गुज़रे थे कि उसकी मौत की ख़बर आ गई।

१९७० की बात है–मेरी पत्नी का जन्मदिन था, और मेरी बहू परंपरा के मुताबिक पीले चावल पकाने लगी थी, जिसे कश्मीर में तहरी कहते हैं। उस वक़्त मेरी आंखों के सामने आने वाली घंटना घट गई। मैंने कहा–"आज पीले चावल नहीं बनेंगे। आज का दिन उसका दुनिया से जाने का दिन है।" और उसी दिन ये घटना हो गई। पत्नी ने काया छोड़ दी...

इसी तरह मेरी बड़ी बेटी प्रभा ने अपने पति का वर्षफल बनाने के लिए मुझे कहा। मैंने वर्षफल बनवाया, पर बेटी को कुछ नहीं कहा। खामोश रह गया। वो वर्ष उसके पति की ज़िंदगी का आखिरी वर्ष था...

१९७७ में मेरा बेटा बहुत बीमार हो गया, ऑपरेशन हुआ, लेकिन उसे छाती से खून आने लगा। तब मेरे वंश में यही था कि बेटे की तस्वीर देवी के क़दमों में रख कर मैंने कहा–"मां, मैं पुत्रशोक नहीं देखना चाहता।" बेटा राज़ी होने में नहीं आ रहा था, उसी हालत में छः वर्ष गुज़र गए, और मुझे बताया गया–उसका रोग अच्छा होने वाला नहीं है।

मेरे लिए इससे बड़ा दुख कोई नहीं हो सकता, मैंने देवी से कहा–"मां, मुझे बल दो, कर्मफल तो भोगना है, लेकिन उसका रोग मुझे दे दो, मैं अपने बल पर उस रोग से निपट लूंगा।" और ऐसा ही हुआ, बेटा राज़ी हो गया, और में बीमार पड़ गया, लेकिन एक महीना मौत के बिस्तर पर बैठ कर मैं राज़ी हो गया...

जनवरी, १९८८ से मैं फिर बीमार रहने लगा, दिल की बीमारी हुई। उस वक़्त दो बातें सामने आईं–एक तो ये कि देश पर बहुत बड़ा संकट आने वाला है, और दूसरा ये कि अब मेरी ज़िंदगी छूट जाएगी...

उन्हीं दिनों मेरे बेटे की पत्नी के साथ एक हादसा हो गया, वो स्कूटर से गिर गई थी, और पीठ की हड्डी को सख्त चोट आ गई थी। मैं अस्पताल में पहले से ही था, और फिर बहू को भी अस्पताल लाया गया। बेटे की परेशानी

देखी नहीं जाती थी। मैं एक रात मन की बेचैन हालत में था कि नंदकेश्वर जी दिखाई दिये, मां भुवनेश्वरी भी। उस वक़्त मैंने उनसे कहा–"घर की हालत बहुत खराब है, मुझे– कुछ और जीने का समय दीजिए, और उन्होंने मुझे साढ़े नौ साल और जीने का आशीर्वाद दिया..."

देश पर संकट तो आना था, आया, और हम लोगों को घर छोड़ कर कश्मीर से निकलना पड़ा। मेरी ज़िंदगी के लटकते हुए धागे को मेरी बहू ने ही सहारा दिया। मुझे भी संभाला अपने पति को भी और अपने बेटे को भी।

एक बात और कहनी है–हमारी परंपरा में एक ही पुत्र पैदा होता है और जब मेरे बेटे के पुत्र हुआ था, मैंने देखा–वो मूल नक्षत्र में पैदा हुआ, जो उसके पिता के लिए अच्छा नहीं है, इसलिए मैंने अपने पोते को गोद ले लिया, और अपनी देवी से कहा–"अब उसकी किस्मत का एक बेटा उसे दे दो, पल्ला तो अब उसका नहीं है मेरा है।" और मेरी मुराद मुझे मिली–" मेरे बेटे के घर पुत्र पैदा हो गया..."

नोट

जिन मख़दूम साहब की सीढ़ियों पर बच्चे को अर्पित किए जाने की प्रथा थी, पूछने पर पता चला कि आज से साढ़े तीन सौ साल पहले एक रामचंद्र रैना हुए थे, जिनके बेटे रावण रैना ने इस्लाम धर्म अख़तियार कर लिया था, और उनके घर जो बेटा हुआ–मख़दूम, वो इस तरह ख़ुदा की बंदगी में रहता था कि उसे पीर का दर्जा मिला था। वो दरगांह उसी पीर मखुदूम साहब की है, जहां रैना खानदान के हर बच्चे को अर्पित किया जाता था।

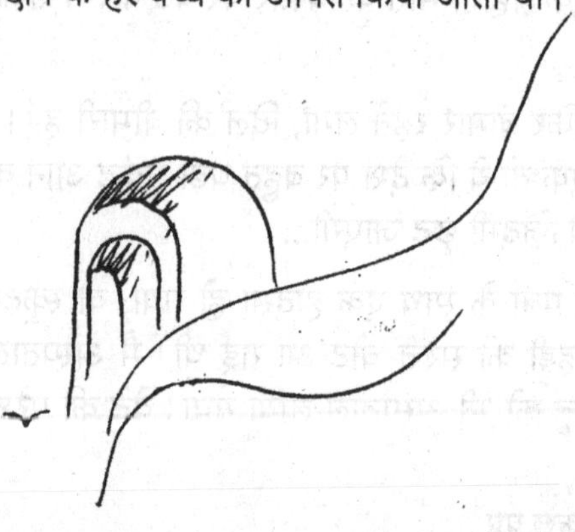

अफरोज़ शाहीन
की क़लम से...

बंदी पीर वाली

कथा प्रस्थान

सुबह हो चुकी थी। अंगूर की बेल पर सैकड़ों चिड़ियां तरह-तरह से ईश वंदना करते हुए चहचहा रही थीं। घर में पले हुए ख़ूबसूरत कबूतर गुटर-गुं...गुटर-गूं से सुबह को और भी मोहक बनाये हुए थे। मैंने अपना नाश्ता किया और लंच लेकर स्कूल चली गई थी।

चार बजे स्कूल से लौटी तो अम्मी से कहा, "अम्मी, भूख लगी है।" अम्मी ने सेब और केले दिए और मैं दूसरे पलंग पर आकर जम गई। सामने अम्मी का पलंग था।

मेरे देखते-ही-देखते अम्मी ने अंगड़ाई ली और भाभी को आवाज़ लगाई, "ज़ेबुन!" भाभी आईं, तो उन्होंने देखा, अम्मी की.आंखें लाल हो रही थीं और चेहरा सुर्ख़ चमकीला हो चुका था।

अम्मी ने कहा, "डॉ. शब्बीर को बुलाओ!"

सेब मेरे मुंह में था और आंखें एकदम अम्मी पर टिकी थीं। आश्चर्य हो रहा था, अम्मी बाबूजी का नाम ले रही थीं। बराबर में ही डिस्पेंसरी थी, भाभी ने खटका किया और बाबूजी अंदर आ गए। उन्होंने अम्मी की ओर देखा और सलाम किया, और हाथ मिलाया, मैं और भी चकित।

गए।

अम्मी ने बाबूजी से कहा, "यासीन (घर का नौकर जिसकी उम्र बारह वर्ष थी) को बुलाओ!" यासीन आया। सामने आते ही उसे गाल पर एक ज़ोरदार चांटा मारा।

मैं और भी चौंक कर देखने लगी। भाभी ने मुझे देखा और बाहर भेज दिया, किंतु बाल जिज्ञासा थी। मैंने पीछे से जाकर लकड़ी के पार्टीशन की दराज़ में अपनी एक आंख गड़ा दी। वहां पर देखा, यासीन रो रहा था और अपनी एक आंख को रगड़े जा रहा था। अम्मी ने उससे कहा, "रात को तूने कोठरी में पेशाब किया था" उसने रोते-रोते अपनी गर्दन हिला कर स्वीकार कर लिया। "जाओ, कोठरी (छोटा कमरा) धोओ! आइंदा पाकीज़गी का ख़्याल रखना!"

यासीन पानी लेकर कोठरी में आया। मैंने उससे धीरे.से पूछा, "बड़े ज़ोर से लगा तेरे ?" उसने मुझे कुछ जवाब नहीं दिया। मैंने उससे और कुछ नहीं मालूम किया, और फिर उसी दराज़ में आंख लगा दी।

बाबूजी ने दो-चार बातें कीं और फिर अम्मी की आवाज़ आई, "नमाज़ का वक़्त हो रहा है। अब हम चलते हैं ।" बाबूजी ने फिर सलाम किया और हाथ मिलाया। अम्मी ने अपना सिर गावतकिए पर टिका लिया था। लगभग दस मिनट तक वह इसी स्थिति में रहीं और फिर एक-दो जम्हाइयां लीं और बड़ी थकी-थकी-सी हो गईं और लेट गयीं। अब उनके चेहरे पर वह तेज़ नहीं था, सिर्फ़ थकान थी।

मैंने अपने बाबू जी से पूछा, "बाबूजी, अम्मी को क्या हुआ था ?"

बाबूजी ने कहा, "हमारे घर में पीर साहब रहते हैं। वो आये थे ?"

मैंने पूछा, "वो कहां रहते हैं ?"

बाबूजी ने कहा, "यहीं रहते हैं ?" और फिर उन्होंने बताना शुरू किया, लग रहा था, वो अपनी छोटी-सी बेटी से नहीं, किसी मित्र को समझा रहे हों, "यहां इस मकान से पहले एक टीला था, जिस पर एक पीपल को पेड़ था। थोड़ी-सी हट कर एक क़ब्र बनी हुई थी। १९४० में जब यह मकान बना, तो क़ब्र के स्थान पर एक क्यारी बना दी गई, जो आंगन के बीच में है, और कोठरी में जो एक ताक़ है, उसके आस-पास ही वो रहते हैं। तुमने यह सब मालूम कर लिया है। अब तुम पीर साहब के ताक़ में बिलानाग़ा चिराग़ जलाओगी!"

और मैंने तभी से उस स्थान पर चिराग़ जलाना शुरू कर दिया। बिना पानी

लिए पेशाब नहीं जा सकती थी, क्योंकि पाकीज़गी ज़रूरी थी। मैंने बहुत बार यह भी देखा था कि यदि मोहल्ले का कोई बच्चा पेशाब कर देता, तो उसे बुखार हो जाता था, और जब उसकी मां चिराग़ रोशन कर जाती, उनके स्थान पर तो ताप समाप्त।

मोहल्ले की दो औरतें थीं, एक थी ख़ाला मजिया, दूसरी थी माईं उर्फ़ दादी। कुछ लोग जो बड़े थे उनकी माईं, शेष सबकी दादी। इन दोनों बुढ़ियों ने कई बार आधी रात को साक्षात् दर्शन किए। समय अच्छा था। लोग गली में चारपाई डाल कर सो जाते थे। कोई ख़तरा नहीं था। सफ़ेद घोड़े पर सवार, सफ़ेद दाढ़ी सफ़ेद बाल, सफ़ेद पोशाक में देखे जा चुके थे। सभी रास्ते से चारपाई हटा कर सोते थे, जिससे पीर साहब को निकलने में कोई बाधा न हो। मोहल्ले के हिंदू भी उन्हें मानते और चिराग़ जलाने आते । उनकी मन्नतें भी पूरी होतीं। जुमेरात को तो चिराग़ रोशन होता हीं, पर हिंदू त्यौहारों, ख़ासकर दीवाली पर ज़रूर दीपक बालतीं हिंदू औरतें। पता नहीं क्या बात है कि इन रूहानी ताक़तों के आगे न कोई हिंदू होता है, न मुसलमान! सब एक होते हैं, एक जैसे।

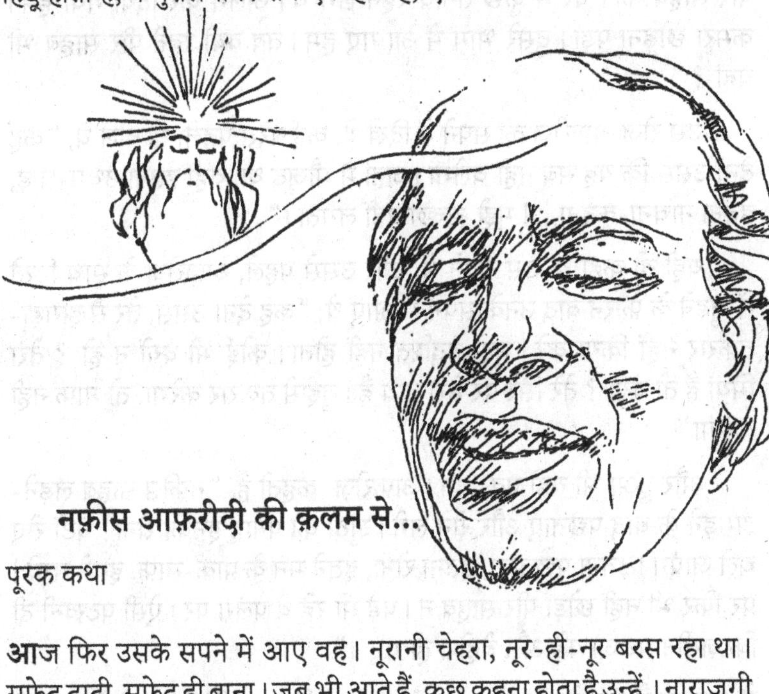

नफ़ीस आफ़रीदी की क़लम से...

पूरक कथा

आज फिर उसके सपने में आए वह। नूरानी चेहरा, नूर-ही-नूर बरस रहा था। सफ़ेद दाढ़ी, सफ़ेद ही बाना। जब भी आते हैं, कुछ कहना होता है उन्हें। नाराज़गी

का इज़हार करेंगे ज़रूर, पर उन पर नहीं होगी नाराज़गी, किसी दूसरे की बताएंगे। ...और फिर गुनगुन की आवाज़ स्पष्ट होती चली जाती है। कितनी कशिश है आवाज़ में, जैसे खींचती है कुरान की तिलावत। उन पर क्यों होंगे नाराज़ ? बचपन से उनकी भगत रही हैं। हर जुमेरात को सिर पर दुपट्टा डाल चिराग़ रोशन करना। दुआ पढ़ना और सलाम करके पीछे हटना। बिलानाग़ा। बरसों-बरस बीत गए। उस रोज़ अमृता जी ने उन्हें दीपक भिजवाया था। इतना ख़ूबसूरत! बद्दू को आवाज़ दी और फ़ौरन रोशन करवाया चिराग़। जुमेरात नहीं देखी। ख़ुद नहीं जलाया। पाकीज़गी का ख़्याल भी तो रखना पड़ता है। भतीजा गुज़रा वहां से। देखा वह दीपक और बोल पड़ा, "हए इत्ता अच्छा! आज तो ख़ुश हो जाएंगे पीर साहब ।"

अब जो दीपक जलाया, इस बार उस ताक में नहीं। वहां तो अब रहते नहीं। स्थान छोड़ चुके हैं। एक बार नाराज़ हो गए थे। तब की बात है जब संयुक्त रूप से रहते थे हम सब। उधर ही कमरा है उनका। कमरे के एक ताक में साया था पीर साहब का। घर में कुछ तनाव रहने लगे थे। अलग कर दिया गया हमें। कमरा छोड़ना पड़ा। दूसरे भाग में आ गए हम। तब क्यों रहते पीर साहब भी वहां ?

उस रोज़ अफ़रोज़ को सपने में दिखे थे, कई बरस पहले, तो बोले थे, "कह देना उससे कि यह सब नहीं चलेगा। जहां मैं मौजूद था, वहीं इतना उधम-धाड़, इतना नाचना-कूदना...! मुझे अच्छा नहीं लगता।"

यही तो कहा था उस सपने में, और उससे पहले, अफ़रोज़ के साथ रिश्ते में जुड़ने के फ़ौरन बाद उनके सपने में आए थे, "कह देना उससे, तेरे से झगड़ा-तकरार नहीं किया करे। मुझे बर्दाश्त नहीं होता। कोई भी क्यों न हो ? तेरा मियां है तो क्या ? तेरे सिर पर मेरा हाथ है। तुझसे तकरार करेगा, तो माफ़ नहीं करूंगा"

और हुआ भी यही एक दिन। अफ़रोज़ कहती हैं, "नफ़ीस साहब लड़ने-झगड़ने के बाद पछताए और रोने लगे। ख़ुदा की पनाह इनका रोना! घंटों रोए चले जाएंगे। इतना पछतावा, इतना रोना, इतने मन के पाक-साफ़, इतने सच्चे! पर फिर भी नहीं छोड़ा पीर साहब ने। पड़े सो रहे थे पलंग पर। ऐसी पटख़नी दी कि ज़मीन पर जा पड़े और बेहोश हो गए ।"

ये अनुभव हैं अफ़रोज़ शाहीन के। सैयद की बेटी के। बंदी पीर वाली के। कहती

हैं, "नफ़ीस साहब के ख़ानदान में सैयद की बेटी का बड़ा अहतराम है। अपनी बेटी दे देंगे, पर सैयद की बेटी नहीं लेंगे। कहीं ससुराल में बेहूरमाती न हो जाए। दो बार ऐसा हुआ, तो उसका नतीजा भी बहुत बुरा निकला। मौत ने दरवाज़ा देख लिया दोनों बार।"

देर तक सुनाती रहीं अफ़रोज़ बंदी। किस्सा-दर-किस्सा। आगे बताया, "हमने रकात तोड़ दी। नफ़ीस साहब आफ़रीदी हैं, पठान। पीर साहब अलग नाराज़ हो गए, पर सब कुछ ठीक-ठाक चला। चलता चला जा रहा है। बिल्कुल ठीक हैं नफ़ीस साहब।" बचपन से भगतिन जो ठहरीं। पीर साहब का सिर पर हाथ है, फिर कैसे कुछ होता उनके सुहाग को! बरसों हो गए।

कहानियां, कविताएं लिखती थीं अफ़रोज़। हिंदी में ही। हिंदी और ड्राइंग पढ़ाया, फिर प्रिंसपिल बनीं। ख़ूब पेंटिंग्स बनातीं। छूटता चला गया सब। अब तो बस घर-बार, बच्चे हैं, सेवादारी है उनकी। बाहर की नौकरी है। कहती हैं, "अब तो बस मन उचटने लगा है। जी चाहता है किसी दरगाह को अपना डेरा बना लूं और अल्ला-अल्ला करती रहूं।"

किसी ने उनसे पूछा था.कि फिर पीर जी कहां मिले ?

"बस, पहले आंगन की क्यारी का आभास हुआ। दीया जलाने लगी। फिर लगा कि यहां भी नहीं हैं, तो जहां अब रसोई है, वहां का अनुभव हुआ, तो चिराग़ जलाया, पर वहां भी नहीं, तब जीने के ताक़ ने खींचा बार-बार। अब वहीं दीया जलाती हूं, या जलवाती हूं!" अफ़रोज़ ने बताया था।

"तो क्या उन्होंने नहीं बताया अपना स्थान ?" आगे पूछा गया था।

"नहीं तो,...नाराज़ जो थे। सपने में भी आए, पर अनबोला कर रखा था इस बारे में। मेरा क्या कुसूर था ? और-और बातें करते, स्थान नहीं बताते। मुझे छोड़ा भी नहीं उन्होंने। घर में अशांति है। शायद इसकी वजह पीर साहब की नाराज़गी ही है?" बताया था अफ़रोज़ ने।

कुछ देर चुप रहीं, फिर ठंडी सांस भरके आगे बोलीं, "लगता है, चाहते हैं, उसी कमरे में लौट जाऊं। पीर हैं। पीरों जैसी बात। वही अपने मूल निवास का मोह।"

और फिर कहीं डूबती चली गईं बंदी पीर वाली...

निमोलियों की माला

चंदन नेगी

चंदन नेगी पंजाबी की एंक बहुत अच्छी उपन्यासकार हैं। उनके अंतर-अनुभव कुदरत के कई रहस्य उनके सामने लाते हैं, लेकिन वो इसकी बात बहुत कम करती हैं। मैं उन्हें बरसों से जानती हूं और कुछ थोड़ा-सा मेरे कहने पर उन्होंने लिखा भी था, लेकिन अब मेरा तक़ाज़ा मान कर उन्होंने अपने अनुभव कुछ तरतीब से और तफ़सील से लिख दिए हैं। इसका नाम भी उन्होंने दिया है–निमोलियों की माला।

चंदन नेगी की क़लम भरे...

"मेरे बचपन वाले घर की ड्योढ़ी गली की ज़मीन से तीन-चार फ़ीट नीची थी। पहले एक सीढ़ी चढ़कर चौतरा और चौतरे से तीन सीढ़ी नीचे उतर कर ड्योढ़ी थी। वहीं से सीढ़ियां ऊपर घर में जाती थीं। वहीं एक बड़ा दरवाज़ा था, जो नीचे तहख़ाने में खुलता था। पूरे घर के माप का बना हुआ, लेकिन बिल्कुल अंधेरा। बाहर गली की ओर लोहे की सलाख़ों वाली बैठक थी, साथ में आंगन, जहां छत से रोशनी आने के लिए एक बड़ा-सा रोशनदान था। वहीं से हलकी-सी रोशनी वहां छनती थी। आंगन के एक तरफ़ थोड़ी-सी ऊंची जगह पर रसोईघर था। आगे एक और कमरा, जिसमें गर्मी के दिनों घर के सभी लोग दोपहर को आराम करते थे। उसके बाद एक और बड़ा कमरा था, लेकिन अक्सर खाली रहता। घर में थोड़े से लोग थे, इसलिए उस कमरे की ज़रूरत नहीं पड़ती थी। उस कमरे में छत के नज़दीक एक रोशनदान था, लोहे की सलाख़ों वाला। इसी

रोशनदान से पीछे की गली का मोड़ काटते हुए सूरज की किरणें ज़रा भीतर को देख लेती थीं। छोटी-छोटी धूप की कतरनें छिपनछिपाई खेलती थीं। मुझे उस कमरे में जाते हुए बड़ा डर लगता था।

कभी झाई जी (मां) उस कमरे से कुछ लाने के लिए कहतीं, तो मैं चुपचाप खेलने भाग जाती, या कोई बहाना करके–छत पर चली जाती। पेशावर की गर्मी अब भी याद आते ही बंदन पसीने से भीग जाता है। दोपहर को कोई पंछी तक बाहर नहीं दिखता था। दोपहर में सब सो जाते, लेकिन मेरी आंखों में नींद नहीं होती थी, मैं करवटें बदलती रहती थी और जब भीतर के कमरे की ओर नज़र पड़ती, वहां मुझे कुछ लोग दिखाई देते। कुछ जाने-पहचाने चेहरे, कुछ अजनबी और कुछ स्थान दिखाई देते, जो मैंनें कभी देखे नहीं थे। वहां जैसे कोई फ़िल्म चल रही हो, और उस कमरे की दीवार पर दृश्य बदलते रहते थे। तब मैंने फ़िल्म का नाम नहीं सुना था, लेकिन एक मंदिर में चोरी से देखी रामलीला की तरह सब कुछ स्पष्ट दिखाई देता था, इतना कि मैंने स्वयं को देखा एक जवान उम्र में, और मेरा बाल मन डर गया।

मैं सोचती थी, उस कमरे में भूत रहते हैं। वहां भूतों का विवाह भी देखा, ढोलक के साथ गीत भी सुनाई दिए और वहां बारात उतरती भी दिखाई दी। तब मैं पांच-छः वर्ष की थी और वहां मैंने पैंतीस साल के बाद होने वाला अपनी बच्ची का विवाह भी देखा था। यह भी देखा कि भूतों में से कोई एक मर भी गया है। ऊंचे से चौतरे पर खिड़की के पास वो मरा पड़ा है। सभी रो रहे हैं। फिर मेरी सूरत की कोई औरत कमरे में रोते हुए दाख़िल होती है, और सभी लोग ज़ोर से रोने लगते हैं।

वहां मैंने कई नए-नए स्थान देखे, दूसरे देशों के, जहां मैं बहुत सालों के बाद गई थी, और लगा वो सब मैंने उस कमरे में पल्ले से देखे हुए थे।

मेरा बाल मन भूतों से डरता था, इतना कि मैं उस कमरे की ओर देखने से भी डरती थी। उस कमरे की ओर पीठ करके बैठती थी। जब मेरा छोटा भाई टाइफ़ाइड से मर गया, तो मैं यही समझती रही कि उसे उस कमरे वाले भूत मार कर अपने पास ले गए हैं और मैं मां की नज़र बचा कर वहां पत्थर फेंकती, अपनी ओर से भूतों को मारती थी। एक दिन मां को कहते हुए सुना, वो पीछे की गली वाली बाशों मौसी से कह रही थीं कि रोशनदान की तरफ़ से पता नहीं कौन इस कमरे में पत्थर मारता है।

होतीमरदान अपनी ननिहाल से जाकर मामा-मामी से भूतों की बात करती, तो वो कहती–"बच्चे भूतों की बात नहीं करते। भूत नहीं होते ।"

मैं कहती–"मैंने देखे हैं।"

और मामी कहती–"ईश्वर का नाम लो, तो भूत भाग जाते हैं। तुम कहा करो–वाहे गुरु–वाहे गुरु।"

लेकिन ऐसा नहीं हुआ। उस कमरे में मुझे वही सब दिखता रहा। मैं 'वाहे गुरु' कहती, लेकिन देखा कि ये कहने से भी भूत नहीं भागते थे। सर्दियों में जब हम लोग ऊपर की मंज़िल पर चले जाते, तो मैं वहां से भाग कर जाती कि भूत मुझे पकड़ न लें। ऊपर रोशनदान से नीचे देखती, तो नीचे तहख़ाने में कई लोग दिखाई देते थे।

अपनी शादी के समय गुच्छा-सी हुई चंदन गज़भर लंबा घूंघट निकाले फेरे लेने के लिए नवीन सिंह सभा-गुरुद्वारे में बैठी थी, पटियाले में। बाबा प्रेम सिंह होतीमरदान गुरु-ग्रंथ साहब की ताब्या बैठे थे, उन्होंने पहली लांव का पाठ किया था और सरब सिंह रागी मीठी ध्वनि में पल्ली लांव का कीर्तन कर रहे थे, तब मेरी नज़र अपने पैरों पर गई। मैंने गुलाबी रंग की ज़ुराबें पहनी हुई थीं, तब मेरा दिल डूबने लगा कि पेशावर के भूतों वाले कमरे में मैंने ये अपना ब्याह देखा था। ये भी पता चला कि अभी मेरे फूफा प्रहलाद पापा जी कहेंगे, चंदन हाथ ढक ले दुपट्टे से और ये ख़्याल आते ही फूफ़ा जी की आवाज़ सुनाई दी–"चंदन हाथ ढक ले दुपटूटे से"...ये सब मैंने उस कमरे में देखा था और सुना था।

अब भी जब कोई घटना होती है, तो लगता है–मुझे पहले से इसका पता था, और अब आगे क्या होगा, फलां आदमी क्या कहेगा ? सब पहले से जान जाती हूं। बचपन में देखे हुए दृश्य कैसे साकार हो जाते हैं, ये रहस्य पकड़ में नहीं आता!

मेरे पिता सरदार हरनाम सिंह तेग पेशावरी का जब देहांत हुआ, तो मैं जम्मू से पटियाला पहुंची थी, दोपहर ग्यारह बजे के क़रीब। कमरे में क़दम रखते ही मुझे अट्ठाईस-उन्नीस साल पहले का दृश्य सामने आ गया। सब अपने रिश्तेदार बुआ, चाचे, मामे, मेरी मां उनके एक ओर बैठे थे और खिड़की के पास मेरे पिता का शरीर था, और मुझे देखकर सब ज़ोर से रोने लगे। मैं एक चीख़

मार कर अपने पितां की छाती पर गिर गई और उनका अकड़ा हुआ हाथ अपने सिर पर रखना चाह रही थी। यही भूतों के किसी अपने के मरने का दृश्य था, जो पहले से देखा हुआ था।

जम्मू में अपनी बड़ी बेटी की शादी के लिए किसी दोस्त का बहुत बड़ा खाली घर लिया था। मैं पहले उस घर में कभी नहीं गई थीं, लेकिन दहलीज़ के पार जाते ही लगा–मुझे पूरे घर का नक्शा पता है, ये घर मैंने पहले से देखा हुआ है। तहख़ाने का चोर दरवाज़ा, और एक कोने में छिपा-सा छोटा तहख़ाना, जिसका एक रास्ता बाहर गैराज़ की तरफ़ से भी था। गैराज़ में से कुछ सीढ़ियां एक अंधेरे कमरे की तरफ़ जाती थीं, और बाथरूम की तरफ़ चली जाती थीं। अजीब-सा भयानक घर था, तीन मंज़िल का, जिसमें दस-बारह कमरे थे।

मैं और मेरी दोनों बच्चियां गली के चौकीदार के आने का इंतज़ार करते हुए एक ही कमरे में डर कर सो जातीं। मेरे पति जस जी का तब दिल्ली तबादला हुआ था, इसलिए अभी आए नहीं थे। अखंड पाठ रखा गया, जिसमें रात को भी जागना होता है। कई रिश्तेदार पहुंच गए थे; और मैं थकी हुई थी, इसलिए झपकी आ गई, तब किसी को एक क्षण के लिए अपने पास से गुज़रते देखा-सफ़ेद चोगा, सफ़ेद दाढ़ी, तेजस्वी लाल चेहरा, हाथ में माला! चौंक कर जागी, तो लगा कि इनको तो मैंने कई बार पहले देखा हुआ है, कई बार अपने पास से गुज़रते हुए!

इस तरह ज़िंदगी में बहुत कुछ हुआ है और अचानक मेरे कंधों पर वही छोटा-सा बचपन का लंबे घने बालों वाला सिर जुड़ जाता है, और वो भूतों वाले दृश्य याद आने लगते हैं, जो मैंने साक्षात् बाद में घटते हुए देखे।

मेरी मां मुझे छोटी उम्र में ही छोड़ कर चली गई थीं, जिससे मेरे भीतर एक खालीपन-सा पैदा, हो गया था। एक तलाश-सी लग गई। ये तलाश कभी मेरे भाई की याद में से निकल आती, कभी मां की याद में से। बिल्कुल अकेला बचपन, सूना, वीरान और ख़ामोश और तभी मेरे वीरान बचपन को दो आंखों का सहारा मिल गया। वह मोटी-मोटी आंखें चमकती-सी बचपन से मेरे साथ रहती हैं। वही चेहरा, वही आंखें सपनों में दिखाई देती हैं, किसी आने वाले दुख का संकेत देती हुई, किसी आने वाली मुसीबत से सावधान करती हुई। कभी बहुत उदास हो जाती हूं, तो बंद आंखों के सामने वही चेहरा साकार हो जाता है। क्या रिश्ता है मेरा उससे ? किस जन्म का ? कितने जन्म से बिछड़ा हुआ है ?

कौन है वो ?

बचपन में जब मां नहीं रही, तो मैं समझती थी–वो मेरी मां की आंखें हैं, फिर लगा–वो मुझे किसी ऋषि, महात्मा, संत की सूरत में भी दिखाई देता है। सर्दियों की धूप में आसमान की ओर देखते हुए लगता–वो आसमान की तरफ़ से उतरता है।

गर्मी के दिन थे जब एक बार जम्मू में मैं छत पर सो रही थी कि उसे अपने आस-पास मंडराते देखा। फिर एक रात सपने में भी दिखाई दिया, तो लगा आज कुछ होने वाला है। सारा दिन ठीक गुज़र गया। रात सोने लगी, तो ख़्याल आया, ये मेरा वहम है और कुछ नहीं, और ठीक उसी समय मेरी छाती में ऐसा दर्द उठा कि फिर सारी रात तड़पते हुए गुज़री।

काले से पर्वत नीचे बड़े ज़ोर से बहता हुआ दरिया, किसी गुरुद्वारे का अजीब-सा गुम्बद, एक टेढ़ा-मेढ़ा रास्ता, एक फूलों की वादी, ये दृश्य मैंने कई बार सपने में देखा, लेकिन जब मैं हेमकुंड साहब गई, तो लगा ये मेरी सारी ज़िंदगी का रास्ता है, जहां मैं बरसों से भटक रही हूं।

मेरी आत्मा क्यों भटकती है ? ये काया तो उसका घर नहीं। आत्मा को तो इस दुनिया में नहीं आना था, कहीं और जाना था। कई जन्मों की बात भी सपनों में आती है, पता नहीं किस-किस जन्म के झांवले दिखाई देते हैं! कौन से चेहरे पहचानने की कोशिश करती हूं! जब पहली बार नेपाल गई, तो कोरोनेशन हॉल देखने के लिए गए। बहुत बड़ा आंगन, एक चौतरा, उसके पीछे काली लकड़ी का फूलोंवाला दरवाज़े का कमरा। यहीं नए महाराजा को राजतिलक लगता है। यहीं दशहरे के दिन भेसे की बलि दी जाती है। चारों तरफ़ चार मंज़िली इमारत है। काली लकड़ी के दरवाज़े और खिड़कियां हैं। मैं उस आंगन से ऊपर की सीढ़ियां इस तरह चढ़ने लगी, जैसे वो मेरा ही घर हो। ये सब मैंने अपने सपनों में कई बार देखा था। यही महल काली लकड़ी की सजावट वाले दरवाज़े और खिड़कियां और देखा था, दीवारों पर बहुत से चित्र और वहां एक आदमी सिलमे-सितारे की नेपाली टोपी पहने हुए गावतकिए के साथ बैठा हुक़्क़ा पी रहा है। हुक़्क़ा चांदी का है, जिसकी नली सोने की है। वहां मैं हूं, जिसके साथ तीन बांदियां हैं। मुझे नहाने के लिए जाना है, उस आदमी के पास से गुज़रती हूं, एक बांदी ने मेरा नहाने का सामान उठाया हुआ है, दूसरी के हाथ में मेरे कपड़े हैं और तीसरी पीछे आते हुए मेरे लंबे बालों को अपनी बांह पर लपेट रही है।

नीचे जाना है, नीचे का दरवाज़ा भी दिखता है, और बहती हुई नदी भी देखती हूं। मैंने न साड़ी पहनी हुई है, न सूट, नेपालियों की तरह एक लांहचा-सा और छोटी कमीज़ पहनी हुई है। नीचे उतरती हूं, तो फिर पानी में डूबने का अहसास होता है।

अब भी कभी आंखों में साबुन लग जाए, या किसी दरिया के पास खड़ी हो जाऊं, तो पानी में डूब जाने का अहसास होता है। ये सपना मुझे वो कारोनेशन हाल देख कर क्यों याद आया ? एक-एक खिड़की दरवाज़ा मुझे क्यों पहचाना हुआ लगा ? खुदा जानें ! ।

कई महान् हस्तियों के बारे में सिर्फ़ सुना होता है, देखा नहीं होता, उन्हें भी सपने में मिलती हूं, पहचानती हूं। आठ जनवरी, १९८५ की रात लगा-अमृता प्रीतम जी के पिता जी मेरे पास खड़े हैं। वैसी ही सफ़ेद पगड़ी बांधे हुए, जैसे 'रसीदी टिकट' में प्रकाशित उनकी तस्वीर देखी थी। उनके हाथ में हलके सिंदूरी रंग का लखनवी कुर्ता है, कुर्ते की खुली और लंबी बाहें कहते हैं–"ये अमृता ने चोला उतार दिया है, तू पहन ले।" और वे कुर्ता मुझे देते हैं। उनकी आवाज़ से मेरी आंख खुल गई।

फिर पचीस मई, १९९० की रात थी, देखा–अमृता दीदी के घर के सब कमरे ग़ायब हैं। एक खुली-सी छत है, वहां लोग बैठे हैं और तख़्तपोश पर बैठे हुए एक महापुरुष कीर्तन भी करते हैं, कथा भी। मैं वो सुनने में मगन थी। देखा–अमृता दीदी मेरे पास आकर बैठ गईं। उन्होंने हलके सब्ज़ रंग की क़मीज़ पहनी हुई है, जिस पर एक बड़ा-सा फूल और सिर पर दुपट्टा ! उस वक़्त लगता है कि वो जो महापुरुष दिखाई देते हैं वो अमृता दीदी के पिता हैं। इतने में लोग चले जाते हैं और वो महापुरुष मेरे पास से गुज़रते हुए पूछते हैं–"तूने अभी तक वो अमृता का कुर्ता नहीं पहना !"

"ये क्या संबंध है ?" एक दिन मैंने अमृता जी से इन दोनों सपनों का ज़िक्र किया और उस दिन उन्होंने मुझे एक सूट दिया मैं वो सूट बहुत संभाल कर पहनती हूं...

मुझे क़लम का वरदान भी सपने में ही मिला था। मैं तो अपने में मस्त, बेहद लापरवाह थी। लिखना तो दरकिनार, मुझे किताब पढ़ने का भी शौक नहीं था। पंजाबी के सिर्फ़ उन लेखकों का नाम जानती थी, जिन्हें इम्तहान में पढ़ा था।

मैं कभी सोच भी नहीं सकती थी कि किसी दिन कहानियां और उपन्यास लिखूंगी ...तौबा!

एक रात सपना आया–मैं बहुत बड़े हॉल में अकेली खड़ी हूं। कमरे की दीवारें और फ़र्श ईरानी लाल कालीनों से सजे हुए हैं। छत पर गोल शीशे लगे हुए हैं। मैं सारे कमरे में घूमती हुई हर कालीन को छू कर देखती हूं। उस कमरे से बड़े-बड़े दरवाज़े दूसरे कमरों की ओर खुलते हैं। फिर कोने वाले कमरे के दरवाज़े से आवाज़ आती है–"चंदन ?" आवाज़ किसी मर्द की थी, चौंक कर देखती हूं–एक दरमियाने के कद का आदमी वहां खड़ा है, जिसने बोसकी की मोतिया रंग की शलवार और घुटनों तक लंबी कमीज़ पहनी हुई है। पैरों में पठानी चप्पलें हैं, सिर पर सुरमई धारियोंवाली रेशमी पठानी पगड़ी बंधी हुई है। देख कर पहचानने को कोशिश करती हूं, लेकिन पहचान नहीं पाती। उसकी आवाज़ आती है–"देख, मैं तेरे लिए क्या लाया हूं!" और उसने क़ाबुली रेशमी रूमाल में लपेटा हुआ एक पेन निकाला। उस सुनहरे क़लम पर कई रंगों की धारियां थीं, और उसने वो क़लम मेरे हाथ में देते हुए कहा–"मैं ख़ास तेरे लिए ढूंढ कर लाया हूं।" मैं क़लम को हाथ में लेकर देखती हूं, उससे कहा–"'ये पेन बहुत अच्छा लिखता है, इसे संभाल कर रखना, इसकी स्याही कभी खत्म न होने देना।" तभी उसने पेन से मेरी हथेली पर एक लकीर खींची और उस वक़्त मेरी नींद टूट गई।

इस बात को मैंने गहराई से समझा नहीं था, लेकिन जब जम्मू में रेडियो स्क्रिप्ट्स लिखते-लिखते मैं कहानियां लिखने लगी, तो उस पेन की अहमियत का पता चला। मैं स्वयं हैरान हूं कि मैं कहानीकार और फिर उपन्यासकार कैसे बन गई ?

१९४७ में हम लोग पेशावर से जम्मू आ गए थे, और फिर क़बायली हमले के वक़्त मुझे चाचा-चाची के साथ अमृतसर भेजा गया था। एक दिन वहां हरमन्दिर साहब में पेशावर की एक औरत ने मुझे पहचान लिया और बताया कि तेरे मामा जी की गरदन में गोली लगी थी, लेकिन वो बच गए।

उसी रात मैंने सपने में देखा–एक बहुत बड़ा कमरा है। जहां बड़े-बड़े फ़ानूस लगे हुए हैं। किसी में बल्ब जल रहे हैं, किसी में मोमबत्तियां। हॉल के बीच में गुरुग्रंथ साहब का प्रकाश है, जिस पर सफ़ेद रूमाल है। सामने एक बहुत लंबा-ऊंचा सरदार अरदास करता है। मुझे वो बहुत अच्छा लगता है और मैं भीड़

से आगे जाकर उसके पास जाती हूं। फिर प्रसाद मिलता है, लेकिन प्रसाद इतना गर्म है कि अपने हाथ जलने से मेरी नींद टूट जाती है।

उसी औरत ने पटियाला में मामा जी को मेरे बारे में बताया और वह दूसरे दिन मुझे लेने आ गए। अब पटियाला पेशावर रावलपिंडी, होतीमरदान, और सरगोधा के लोगों से भरा हुआ था। दो-तीन दिन के बाद हम किले में गए, वहां महाराजा यादविंदर सिंह का जन्मदिन था और कीर्तन हो रहा था। भारी समागम था। वहां दरवाज़े पर पहुंचते ही मैं चौंक कर खड़ी हो गई–यही बड़ा कमरा था, यही सजे हुए दरवाज़े, यही अखंड-पाठ, जहां महाराज यादविंदर सिंह जी ने अरदास की थी। फिर वही गरम प्रसाद जब हथेली पर रखा, तो हैरान सी रह गई...!

सपनों में मेरे पिता ने मुझे मौत से बचाया था। उन्होंने मुझे मामाजी के साथ जाने नहीं दिया था, और मैं सचमुच गाड़ी के नीचे आने से बच गई थी। मेरे मामाजी बहुत पहले गुज़र गए थे। शायद १९७० में या १९७१ में देखा–मैं मामाजी के घर गई हूं। वहां कमरे में सफ़ेद चादरें बिछी हुई हैं। दीवारों पर सफ़ेद पर्दे हैं। गुरुग्रंथ पर सफ़ेद रूमाल है। आवाज़ आती है–तुम आई हो चंदन, मुझे बड़ी भूख लगी है, कितने दिन से कुछ खाया नहीं।

मैं मामी जी से एक थाल लेकर, उसमें रोटी, दाल, आलू, दही, खीर डाल कर उस कमरे में रखती हूं और पानी लेने जाती हूं। आकर देखती हूं, थाल खाली है। मामाजी और एक संत जी कमरे के बाहर एक गद्दे पर बैठे हैं। तभी वहां मेरे पापाजी आ जाते हैं।

पापाजी जैसे हिंदको बोलते थे, बोले–"पापे, तू कहां चला गया ? हम तुझे ढूंढते रहे।"

"अच्छा, देख, आज चंदन ने मुझे रोटी खिलाई है, वहां मेरे पास रोटी बनाने वाला कोई नहीं है, मैं चंदन को ले जाऊं ? मैं उसे लेने आया हूं।"

मेरे पापाजी रोते हुए कहने लगे–"नहीं-नहीं, अभी तो यह छोटी-सी बच्ची है, उसकी यह उम्र नहीं है जाने की, फिर उसको ले जाने की बात मत करना चलो, मैं तुम्हारे साथ चलता हूं।"

देखती हूं, संत जी भी मामाजी की ओर देख कर इनकार में सिर हिलाते

हैं और जब वे दोनों वहां से जाने को होते हैं–मैं जाग जाती हूं।

मुझे दो-तीन महीने के बाद मैं पटियाला से जम्मू लौटना था। रात की गाड़ी में मुझे कुछ रिश्तेदारों का साथ मिल गया। जलंधर से गाड़ी बदलनी थी। हमारी गाड़ी लेट होने के कारण पठानकोट जाने वाली सारी गाड़ियां गुज़र चुकी थीं। आखिरी गाड़ी चलने लगी, तो टीटी के पास जाकर टिकटें चैक करवाईं। मैं अपनी टिकट दे रही थी कि गाड़ी चल दी। मेरे हाथ में अटैची और एक थैला था। जब तक गाड़ी के पास पहुंची, गाड़ी तेज़ हो चुकी थी। हाथ की अटैची गाड़ी में फेंक कर गाड़ी की रॉड को पकड़ना चाहा, लेकिन गाड़ी और प्लेटफार्म के बीच की जगह पर मैं गिर गई। मेरा एक पैर प्लेटफ़ार्म पर था और एक टांग और एक बांह गाड़ी की पटरी के नज़दीक थी। हैरान हूं, न मरने का ख़्याल आया, न बच्चों का ध्यान आया, तब केवल गुरु नानक देव जी का वो बुत दिखाई दिया, जो जम्मू के एक बाज़ार में देखा था। किसी ने मेरा पैर कस कर पकड़ लिया और कहा–बीबी, अगर हीश में हो तो हिलना नहीं।

गाड़ी गुज़र गई। लोगों ने उठाया। मैं कांप रही थी। टीटी मेरे सिर पर हाथ रख कर फिर पैरों को छू कर कहने लगा–"बीबी आज तूने मुझे परमात्मा दिखा दिया ।" फिर वही टीटी मुझे पठानकोट की बस पर बैठा गया था। मैं सोचने लगी, सपने में मेरे पिता ने जो मामाजी के साथ नहीं जाने दिया था, उसी कारण मैं बच गई हूं।

चौबीस सितंबर १६८४ की रात इतना कुछ भयानक देखा कि अपनी चीख़ से जाग गई थी। उठी, कम्पोज़ खाई, फिर से गई तो देखा–वही बहुत बड़ा कमरा है बहुत लोग वहां बैठे हैं, हम लोग भी, पास थोड़ा-सा सामान है। सामने एक मंच-सा बना हुआ है, जहां हनुमान जी खड़े हैं। लाल से रंग का लंगोट पहने हुए। उनके इर्द-गिर्द बहुत से बंदर हैं, बड़े खुश दिखाई देते हैं, फिर देखा, चेहरे बंदरों के हैं और जिस्म इंसानों जैसे और वे उछल-कूद करते हुए ज़ोर-ज़ोर से हंसते हैं।

तभी मुझे बुला कर दूसरे कमरे में ले जाता है। बाहर निकल कर देखती हूं, एक ट्रक खड़ा हुआ है, लाशों का भरा हुआ–मर्द, औरतें, बच्चे। एक बच्चा बहुत खूबसूरत है। कहती हूं, "हाय रे, ये बच्चा मुझे दे देते, इसे क्यों मार दिया ?"

फिर दूसरे कमरे में जाती हूं, देखती हूं, बहुत ख़ून बह रहा है और कमरे की छत तक सिरों का ढेर लगा हुआ है। वो सिर कभी इधर लुढ़कते हैं कभी उधर। किसी सिर पर अभी भी पगड़ी बंधी है। मेरी चीख गले में अटक जाती है। मेरे पैर लहू से भीगे हुए हैं और इतने भारी हो गए हैं कि क़दम नहीं उठा सकती, फिर बदन में एक करंट-सा लगता है और मैं भाग कर एक दूसरे कमरे में जाती हूं। उस कमरे में बहुत से चूल्हे जल रहे हैं, जहां एक रोटी भी बनती है, तो लोग रोटी के टुकड़े छीनते से लगते हैं।

मैं फिर लाशों वाले कमरे में जाती हूं, देखती हूं, वहां वही बंद कमरे में बिखरा हुआ लहू पानी से धो रहे हैं। उस वक़्त मेरी नींद खुल गई थी।

और सब जानते हैं, क़रीब एक महीने बाद दिल्ली में क्या हुआ ? सिर्फ़ दिल्ली में ही नहीं, बहुत से शहरों में क्या हुआ, वो तो सपना था, लेकिन अब मैं वो सब टेलीविज़न पर देख रही हूं।

"वो" जो मुझे ऋषि, संत, महात्मा, शिवजी के रूप में दिखाई देता है, वो मुझे सपने में किसी धर्म-स्थान पर भी ले जाता है। पहाड़ियां चढ़ती हूं, दरिया पार करती हूं, बर्फ़ पर से गुज़रती हूं, वो मुझे रास्ता दिखाता है।

एक बार देखा वो मुझे स्कूटर पर कहीं ले जा रहा है। एक खुला-सा मैदान है, जहां वो एक अंधेरे कोने में मुझे स्कूटर से उतार कर चला जाता है। डरती हूं, अकेले कहां जाऊंगी। पास से गुज़रती हुई एक औरत से–वो जगह कहां है जहाँ गुरुद्वारा और बुद्ध मंदिर इकट्ठे बनें हुए हैं। "उसे पूरा ब्यौरा देती हूं कि महात्मा बुद्ध का बड़ा-सा सोने का बुत है, उस आधे कमरे में सफ़ेद रोशनी है और आधे में पीली रोशनी। ये संब मैं उसे इस तरह बता रही हूं, जैसे मैंने पहले से देखा हुआ है। वो कुछ नहीं बताती, चली जाती है।

फिर एक और आदमी से पूछती हूं। वो जिस तरफ़ संकेत करता है, वहां पहुंच कर देखती हूं कि एक बहुत बड़ी लंबी-सी लाल रंग की इमारत है। अंदर जाने के चार रास्ते हैं। भीतर से बहुत रोशनी आ रही है। मैं एक रास्ते पर जाकर भीतर देखती हूं, वहां खुली-सी जगह है, लेकिन वो स्थान दिखाई नहीं देता, जहां गुरु-ग्रंथ भी है और महात्मा बुद्ध की मूर्ति भी। फिर दूसरे रास्ते से जाती हूं। भीतर सीढ़ियां दिखाई देती हैं।

वहां मुझे वो मिलता है, वही चमकती हुई आंखें और नूरानी चेहरा। वो

कहता है–"भीतर जाकर दाईं तरफ़ हो जाना।"

मैं भीतर जाती हूं। वहां सीढ़ियां दिखाई देती हैं, जहां तक नज़र जाती है, सीढ़ियां-ही-सीढ़ियां दिखाई देती हैं। वहीं चौथी सीढ़ी पर तीन-चार पंडित बैठे हुए हैं। पास बड़ी-बड़ी देगें पड़ी हैं। वहां दो-तीन औरतें सफ़ेद धोतियां पहने पत्तलों पर पड़े केसर चावल, सफ़ेद चावल और पूडियां खा रही हैं। एक पंडित कहता है–"यह ब्रह्म-भोज है।"

मैं मांगती हूं, तो वो कहता है–"पहले अपनी सफ़ेद चादर धोकर आओ और एक आदमी से कहकर मुझे साबुन देता है।"

सीढ़ियों के नीचे एक छोटी-सी नदी दिखाई देती है, जहां लाल ईंटों के फ़र्श का साया पानी पर दिखाई पड़ता है। वो पंडित कहता है–"ये गंगा है।" सामने देखती हूं, अजन्ता एलोरा की तरह बड़े-बड़े गार हैं।

मैं पंडित से पूछती हूं–"वो जगह कहां है, जहां गुरुद्वारा और बुद्ध मंदिर इकट्ठे हैं।"

वो कहता है–"दाईं तरफ़ को जाओ, लेकिन पहले अपनी चादर को धो लेना।"

मैं दिल में सोचती हूं, मैंने तो सारी ज़िंदगी अपनी चादर को दाग़ नहीं लगने दिया फिर इसे क्यों धोना है ? लेकिन मैं चादर धो लेती हूं। तब मेरी चादर पर केसर के रंग के छींटे पड़ जाते हैं।

फिर नज़र उठा कर देखती हूं, सामने मंदिर में राधा और कृष्ण की बहुत सुंदर और बड़ी-बड़ी मूर्तियां हैं। मैं नमस्कार करती हूं। मन में सोचती हूं कि पेशावर में किसी घर के कुएं से जो कृष्ण जी की मूर्ति निकली थी, क्या वो यहां ले आए हैं ? फिर मैं गुफ़ा में जाती हूं, वहां हनुमान जी की बड़ी सी मूर्ति है, गेरुआ रंग की । फिर आगे जाती हूं गणेश जी खड़े हैं, उनकी मूर्ति गाढ़े सलेटी रंग के पत्थर से तराशी हुई है।

फिर मुझे वो पंडित पत्तल में ब्रह्म-भोज देता है, केसरिया चावल, सफ़ेद चावल, पूरियां। मैं फिर पूछतीं हूं–"वो जगह कहां है, जहां गुरुद्वारा और बुद्ध मंदिर इकट्ठे बने हैं।" पंडित दाईं तरफ़ इशारा करता है।

मैं लाल ईंटों पर चलती हुई वहां जाती हूं। वहां बड़े से कमरे की एक

दीवार दिखाई देती है, जिसकी आधी खिड़कियों से सफ़ेद रोशनी आती हुई दिखाई पड़ती है और आधी खिड़कियों से हलके सिंदूरी रंग की। मैं खुशी से कमरे में जाती हूं, वहां एक ओर गुरु–ग्रंथ साहब दिखाई देते हैं, जहां सफ़ेद चादरें बिछी हुई हैं, सफ़ेद पर्दे लगे हुए हैं, और थोड़ी दूर महात्मा बुद्ध की बहुत बड़ी सोने की मूर्ति है। दीये जल रहे हैं। सोने की मूर्ति का रंग और दीयों की लौ मिलकर जोगिया रंग की रोशनी दे रहे हैं। मैं इतनी ख़ुश हो जाती हूं कि अपनी ख़ुशी से जाग जाती हूं।

इस सपने से क़रीब दो साल बाद हम लोग कुल्लू-मनाली-मंडी गए, तो चंडीगढ़ से खालसर की तरफ़ से निकले। खालसर पहाड़ी पर गुरु गोविन्द सिंह जी की याद में गुरुद्वारा बना हुआ है। रात बहुत हो चुकी थी, हम लोग वहीं सो गए। सुबह उठ कर चारों तरफ़ देखा, तो देखती रह गई! वहां सरोवर की बहुत लंबी-चौड़ी सीढ़ियां, एक तरफ़ गुरुद्वारा, फिर मंदिर, और सामने बुद्ध मठ, जिसमें मेरे सपने वाली महात्मा बुद्ध की सुनहरी मूर्ति, वैसे ही जलते हुए दीये...

मैं हैरान-सी देखती रह गई–एक बहुत बड़े काले पत्थर पर तराशी हुई गणेश जी की बड़ी मूर्ति और सामने पहाड़ी पर कुंतीसर...!

(ये कुछ पृष्ठ मेरी जीवनी में से हैं, जो मैं लिख रही हूं)

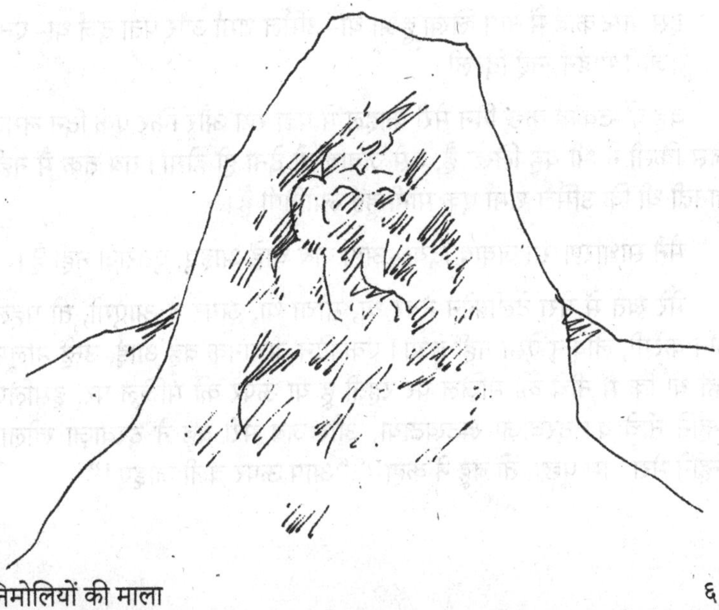

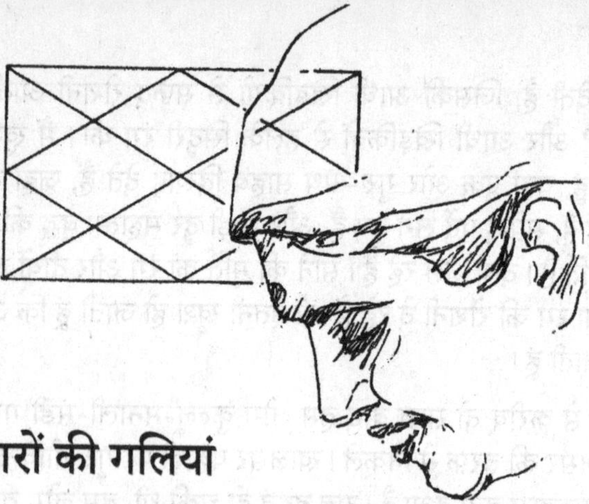

सितारों की गलियां

उर्मिला शर्मा

मेरी आत्मकथा 'रसीदी टिकट' में एक छोटा-सा वाक़या दर्ज है कि एक बार किसी ने मेरा हाथ देख कर कहा—धन की रेखा बहुत अच्छी है, और इमरोज़ का हाथ देख कर उसने कहा—धन की रेखा बहुत मद्धम है। इस पर मैं हंस दी थी, कहा—कोई बात नहीं, हम दोनों मिल कर एक ही रेखा से चला लेंगे...

और इस वाक़ये को लेकर एक दिन एक पोस्टकार्ड आया।

'में हस्त-रेखा का ज्ञान रखती हूं। क्या वह हाथ देख सकती हूं। जिसकी एक रेखा से आप और इमरोज़ मिलकर ज़िंदगी चला सकते हैं ?

इस पोस्टकार्ड में नाम लिखा हुआ था—उर्मिल शर्मा और पता दर्ज था—एन. वन, राजौरी गार्डन, नई दिल्ली।

वह पोस्टकार्ड कुछ दिन मेरी फाइल में पड़ा रहा और फिर एक दिन लगा, जिस किसी ने भी वह लिखा है, उसे जवाब तो देना ही होगा। तब तक मैं नहीं जानती थी कि उर्मिल शर्मा एक मानी हुई ज्योतिषी हैं।

मैंने साधारण-सा जवाब दिया—आप जब चाहें आइए, एतराज़ नहीं है।

मेरे ख़त में मेरा टेलीफ़ोन नंबर था, सोचा था, अगर वे आएंगी, तो पहले फ़ोन करेंगी, लेकिन ऐसा नहीं हुआ। एक दिन अचानक वह आई, उन्हें मालूम नहीं था कि मैं नीचे की मंज़िल पर रहती हूं या ऊपर की मंज़िल पर, इसलिए उन्होंने नीचे का दरवाज़ा खटखटाया, और जब मेरी बहू ने दरवाज़ा खोला, उन्होंने मेरा नाम पूछा, तो बहू ने कहा—"“आप ऊपर चली जाइए!”

वे आईं, मैं पहचानती नहीं थी, इसलिए पूछा–"आप कौन हैं ?"

तो उन्होंने कहा–"जिसने ख़त लिखा था, आपके हाथों की रेखाएं देखने के लिए..."

खैर, मैंने बैठाया, और इससे पहले कि मैं उन्हें कुछ पूछती, उन्होंने ही पूछा–"नीचे कौन लड़की थी, जिसने दरवाज़ा खोला था ?"

मैंने कहा–"मेरी बहू थी, बहू-बेटा नीचे की मंज़िल में हैं..."

वे एक मिनट के लिए चुप–सी हो गईं, फिर कहा–"आपकी बहू थी ? लेकिन उसके यहां कोई बच्चा पैदा नहीं होगा..."

मैंने एक नज़र उर्मिल जी की ओर देखा, फिर कहा–"आपको इस तरह नहीं कहना चाहिए, आपने उसका हाथ नहीं देखा, न उसकी जन्म-पत्री देखी, फिर यह कैसे कह सकती हैं ?"

"बस मैंने कह दिया"...उर्मिल जी ने कहा, तो मुझे लगा, उनके बोलने का लहजा कुछ रूखा–सा है। अच्छा नहीं लगा।

लेकिन वे मेहमान थीं, इसलिए मैंने वह बात छोड़ दी, और आम-सी बातें करने लगी कि ज्योतिष विद्या में कहां तक कुछ पकड़ में आता है ?

और बातें करते, चाय पीते, मुझे लगा, उनके बोलने का लहजा भले ही कुछ रूखा है, लेकिन वे एक अच्छी इंसान हैं।

और जब उन्होंने पूछा–"आपकी जन्म पत्री है ? नहीं तो मैं बना दूं?"

तो मैं हंस दी, कहा–मेरी जन्म पत्री मेरे पास नहीं है, पर ख़ुदा के पास होगी, ज़रूर होगी...लेकिन वह लेने के लिए तो मुझे उसके पास जाना होगा...

"आपके जन्म का साल और तरीख़ मैंने कहीं पढ़ी थी, शायद उसी किताब में थी हे

उर्मिल जी ने कहा, तो जवाब दिया–"हां, तारीख़ जानती हूं, साल महीना भी, लेकिन वक़्त क्या था, यह नहीं जानती, और अब कोई बताने वाला भी नहीं है–"

"अगर इतना भी मालूम हो कि सुबह का वक़्त था, या शाम का ?" उर्मिल जी ने पूछा, तो मन में आया कि अपनी पूरी ज़िंदगी के हालात रसीदी टिकट

में लिख चुकी हूं, क्या उन सब को देख कर भी इस विद्या से वक़्त का पता नहीं लगाया जा सकता ?

पर यह बात मैंने कही नहीं। सिर्फ़ इतना पूछा–"आपने मेरी किताब पढ़ी है, आप क्या सोचती हैं ?"

वे कहने लगीं–मैंने तो किताब नहीं पढ़ी–"किताबें पढ़ने की मुझे आदत नहीं, वह तो मेरे पति देव ने पढ़ी थी, और मुझे बीच से एक वाक़या सुना दिया था...वे बहुत पढ़ते हैं। हमारे घर में एक बड़ी-सी लोहे की आलमारी है, सब रजनीश की किताबों से भरी हुई और मेरे पति देव उसे ताला लगा कर रखते हैं कि आने-जाने वाले यूंही उनकी किताबों को उलटते-पलटते न रहें..."

उर्मिल जी की तबीयत में साफ़गोई है, वह मुझे अच्छी लगी, और इस तरह बात आगे बढ़ी, और वह कभी-कभी आने लगीं...

एक दिन फिर ऐसा वाक़या हुआ, वह १९७९ का साल था, वे आईं, और पूछने लगीं–"आपकी बहू यहीं है ?"

"हां, यहीं है!" उसके मायके वाले हिंदुस्तान में नहीं हैं, लंदन में हैं। पहले अफ़्रीका में थे, अब लंदन में हैं। मैंने बताया।

तो वे कहने लगीं–"लेकिन अब वह यहां नहीं रह सकती, इस घर में नहीं, उसे जाना होगा। अगस्त में जाना होगा। अगस्त के बाद वह यहां नहीं रह सकती।"

"क्या मतलब ?" मैंने हैरान-सी ने पूछा।

तो वे कहने लगीं, "मैंने उसका हाथ नहीं देखा, जन्म-पत्री भी नहीं, पर कभी-कभी मेरे भीतर से एक आवाज़ आती है, जो कभी गलत नहीं होती। पहली बार उसे देखा, तो भीतर से किसी ने कहा कि उसके यहां बच्चा नहीं होगा। अब के देखा, तो लगा कि उसे इस घर से जाना है..."

यह सब, जो उर्मिल जी ने कहा, मुझे अच्छा नहीं लगा, पर कुछ कहने को नहीं था ख़ामोश रही...

वह मई का महीना था, कुछ दिनों बाद बहू का जन्म-दिन था, और जब मेज पर केक और कुछ बाक़ी चीज़ें रखीं, छोटा-सा उपहार भी, तो यह देख कर बहू अचानक रोने लगी, कुछ समझ में नहीं आया, यह क्या हो रहा है। उसे

बहुत प्यार किया, कारण पूछा, वह रोए जा रही थी, पर कुछ नहीं कह रही थी ...और तब बेटे ने बताया कि वह तलाक़ लेकर लंदन जाना चाहती है, यहां हिंदुस्तान में नहीं रहना चाहती, पर आप लोगों को यह सब. करते हुए देख कर उसका मन भर आया है...

यह सब मैं नहीं जानती थी, और उस वक़्त मुझे उर्मिल जी याद आईं कि यह सब उन्होंने कैसे कहा था...!

पता चला कि बहू को अगंस्त के महीने में जाना है। इस हादसे को रोकने की बहुत कोशिश हुई, पर कुछ नहीं हुआ। यह बात अलग थी कि वीज़ा में कुछ मुश्किल आई, अगस्त में जाना नहीं हो पाया, वह सितंबर में गई...

उसके बाद से क़रीब तीन साल घर का माहौल उदास हुआ, तो होता चला गया...बेटे ने फिर से शादी करने की बात छोड़ दी थी।

उन दिनों में उर्मिल जी जब भी आतीं, बड़े विश्वास से कहतीं–"वह शादी करेगा, उसके यहां एक बेटे का जन्म लिखा हुआ है, शादी नहीं करेगा, तो बेटे का जन्म कैसे होगा ?...उसके दो बच्चे तो ज़रूर होंगे..."

फिर वह साल १९८२ था, जब बेटे का कड़ा मन कुछ पिघलने लगा। बहुत लड़कियां सामने आईं, और मैं उनका अता-पता पूछ कर जब उर्मिल जी को फ़ोन करती, वे कह देतीं–"नहीं, इस लड़की से रिश्ता नहीं होगा..."

तब उर्मिल जी के पास फ़ोन की सुविधा हो आई थी। बेटा उर्मिल जी के कहे को गंभीरता से नहीं लेता था, इसलिए वह नहीं जानता कि मैंने उर्मिल जी को कितनी बार फ़ोन किया, और उन्होंने कितनी बार अपनी 'नहीं' को बनाए रखा।

एक बार ऐसा भी हुआ कि एक लड़की के लिए बेटे ने हां कह दी, मैंने उर्मिल जी को फ़ोन किया कि बात तय हो गई है, लेकिन उर्मिल जी ने कहा–"यहां रिश्ता नहीं होगा।"

मैंने उनसे फिर कहा कि बेटे ने खुद फैसला किया है, अब यह रिश्ता होगा ही।

वे कहने लगीं–"आप देखते जाइए, वह हां कह कर ना कहेगा।"

मैं ख़ामोश देखती रही। बेटे से फ़ोन की बात नहीं की, लेकिन बहुत दिन नहीं हुए थे कि बेटे ने कहा कि वह उस लड़की से शादी नहीं करेगा...

कोई कारण पकड़ में नहीं आ रहा था, पर यह हुआ, और फिर जब बेटे ने किसी और लड़की के लिए हां कह दी, तो उस का जन्म समय पूछ कर मैंने उर्मिल जी को फ़ोन किया–वह दो चार मिनट सितारों की गणना करती रहीं और फिर कहने लगीं–"हां, इस लड़की से शादी होगी, होनी ही होगी–बेटे की लग्न-राशि लड़की के पंचम में है, और लड़की के लग्न की राशि बेटे के भाग्य स्थान में है..."

यह शादी हुई, और साथ ही उर्मिल जी से वाक़फ़ियत दोस्ती में बदलती गई...ज्योतिष के ज्ञान की सीमा नहीं है, सिर्फ़ कुछेक कण ही हाथ लगते है ...

क़ुदरत के रहस्य कहां-कहाँ खिलते हैं, इस सिलसिले में भी उर्मिल जी से कई बार बात हुई थी, लेकिन अब मैंने कहा–"आपकी ज़िंदगी की कुछ घटनाएं जानती हूं, लेकिन आप कुछ सिलसिले से लिख दें, तो अच्छा होगा।"

उन्होंने कहा–देखो, सामने बैठी हूं, सब बोल देती हूं, आप स्वयं लिख देना। और वो कहने लगी–

हमारा घर लहीया में था, ज़िला मुजफ़्फ़रगढ़ में। जब देश की तक़सीम हुई, तो सब छोड़ना पड़ा। पानीपत में आकर घर बसाया था। घर ही कहना होगा, बस, पनाह ली थी, किसी मुसलमान परिवार के छोड़े हुए घर में। वो कच्चा मकान था...फिर १६५८ की बात है, तब मैं सत्रह साल की थी, छः अप्रैल के दिन मेरी सगाई हुई थी। मेरे दादा जी ने लड़का पसंद किया था। लड़के को सब मंज़ूर था, लेकिन वो एक नज़र मुझे देखना चाहते थे। तब हमारे घरों में लड़की को देखने की परंपरा नहीं थी, लेकिन मेरे दादा जी ने यह शर्त मंज़ूर कर ली। वो लोग मुझे देखने आए, ख़ुद लड़का, साथ में एक दोस्त, एक बड़ा भाई और एक बहन। वो घर दिल्ली में मेरे भाई के ससुराल वालों का था, जहां बिरादरी की चोरी से मुझे दिखाया गया...

वो लोग बैठकख़ाने में थे, और मुझे चाय देकर वहां भेजा गया। मेरे हाथ कांप रहे थे, इतने डर रही थीः कि चाय के प्याले गिर जाएंगे। वहां बैठने का सवाल ही नहीं था। बस, चाय रखी और एक नज़र सब को देखा, अपने होने वाले शौहर को भी, लेकिन सिर्फ़ एक झांवला सा। कहीं फिर अकेले में देखती तो पहचान नहीं सकती थी...

ख़ैर, उसी दिन सगाई की रस्म हुई, और फिर तीस अप्रैल की रात थी, जब सपने में उसी झांवला से पति को देखा, लगा–शादी हो चुकी है, पति पास में बैठकर पहला सवाल पूछते हैं–"तुम्हें शादी का मतलब पता है ?"

मैं कहती हूं–"नहीं ।"

उन्होंने कहा–"शादी का मतलब होता है, दो आत्माओं का मिलन..."

बस, इतना सपना। पिछले दिनों एक घटना हुई थी। मेरे होने वाले पति ने मुझे एक किताब भेजी थी, उनकी अपनी लिखी हुई, नाम था–'मुझे न दढूंढो' लेकिन मैंने वो संभाल कर रख ली थी, पढ़ी नहीं थी, फिर जब›पांच मई को मेरी डोली उनके वहां पहुंची और रात को जब उनसे मिलन हुआ, मैं देखती रह गई, उनका पहला फ़िक़रा था–शादी का मतलब समझती हो ?

ठीक वही सपने वाला फ़िक़रा सुना, तो बोला नहीं गया। वही कहने लगे–"शादी का मतलब होता है, दो आत्माओं का मिलन–" यह भी ठीक वही फ़िक़रा था, जो मैंने सपने में सुना था...

जो किताब उन्होंने भेजी थी, वो पढ़ी नहीं थी, पर उस समय उन्होंने वही किताब निकाल कर कहां–"देखो, यहां भी लिखा हैं कि शादी का मतलब दो आत्माओं का मिलन होता है।"

मेरे विवाह के बाद मायके वालों के घर मेरा तीसरा फेरा था कि एक दोपहर उस कच्चे घर की ड्योढ़ी में मैं सो रही थी कि सपने में आवाज़ सुनी–कोई घर का द्वार खटखटा रहा है। उठ कर दरवाज़ा खोला, बाहर दहलीजों में एक बूढ़ी-सी औरत खड़ी थी, कह रही थी–"बेटी, मेरी ये चिट्ठी पढ़"–बस, इतना सपना था कि मैं जाग गई।

कुछ ही मिनट गुज़रे होंगे कि किसी ने दरवाज़ा खटखटाया, मैंने कुंडी खोल कर देखा–एक बूढ़ी-सी औरत सचमुच खड़ी थी, जो मुझे देख कर कहने लगीं–"बेटी मेरी ये चिट्ठी पढ़ दो।"

मैं हैरान देखती रह गई, लगा–शायद वही सपना फिर से आ रहा है। इतने में उसने मेरा हाथ पकड़ कर मुझे बाहर कुछ रोशनी में आने को कहा, जहां मैं ठीक से उसकी चिट्ठी पढ़ दूं। वहां खड़ी मैं उसकी चिट्ठी पढ़ रही थी कि

पीछे की ओर से कुछ गिरने की आवाज़ आई, इतनी ज़ोर से कि पलट कर देखा, ड्योढ़ी की छत गिर गई थी...

मैं आज तक ये रहस्य नहीं समझ पाई कि वो कौन-सी शक्ति थी, जो गांव की एक बूढ़ी औरत की सूरत में आई, उसका चिट्ठी पढ़ने के लिए कहना एक कारण बना, जिसका संकेत पहले सपने में मिला, फिर हक़ीकत में, और मैं जो ड्योढ़ी में सो रही थी, छत के गिरने से उस मलबे के नीचे आने से बच गई।

मेरे विवाह के तीन महीने बाद मेरे पति की नौकरी छूट गई। वो भी परेशान थे, मैं भी। मेरा सबसे ज़्यादा प्यार मेरी दादी के साथ था और वो पिछले दिनों गुज़र गई थी। वही एक रात मेरे सपने में आई कहने लगी–"चिंता क्यों करती है ?"

मैंने जल्दी से कहा–"घर के खर्च के लिए मेरे पास एक पैसा भी नहीं है, बताओ मैं क्या करूं ?" उस समय उसने दो सौ रुपए मेरे हाथ में दिये और कहने लगीं, चिंता न कर। मैं हाथों में दो सौ रुपए लेकर बड़ी तसल्ली में थी कि मैं जाग गई, और तब मेरे हाथ खाली थे। सवेरा होने वाला था। मैं उठ कर रात के जूठे बर्तन साफ़ करने लगी। इतने में दिन की रोशनी हो आई थी, किसी ने घर का दरवाज़ा खटखटाया, मैंने दुपट्टे से हाथ पोंछे और उठ कर दरवाज़ा खोला तो बाहर खड़ा एक आदमी मुझसे पूछने लगा–"शास्त्री जी कहां हैं ?"

मैंने कहा–"अन्दर ही हैं, आ जाइए।"

वो शास्त्री जी के पास आकर कहने लगा–"'मेरा एक कॉलेज है, प्राइवेट। मैं चाहता हूं आप वहां पढ़ाया करो ।"

घर में बिल्कुल पैसा नहीं था। शास्त्री जी परेशान थे, इसलिए कहने लगे–"मैं आपके कॉलेज की नौकरी कर लूंगा, लेकिन मुझे कुछ रुपए एडवांस दे दीजिए! उस वक़्त उस आदमी ने ठीक दो सौ रुपए निकाल कर शास्त्री जी को दे दिए।

और फिर १९८२ की बात है, नवंबर महीने के आखिरी दिनों की, जब मैंने एक रात सपने में देखा कि जो कश्मीरी लकड़हारे गलियों में आते हैं और जिन लोगों

को धूप के लिए अपने घरों के सामने उगे हुए पेड़ कटवाने होते हैं, वे काट जाते हैं। कटाई के पैसे भी ले जाते हैं और लकड़ी भी। उन्हीं में से एक कश्मीरी लकड़हारा मेरे सपने में मेरे घर के सामने उगे हुए पेड़ को काटने लग गया।

मैंने उससे कहा—नहीं, ये पेड़ मत काटो, ये तो हमारे घर की हरियाली है, लेकिन देखा, वो मेरी बात नहीं सुनता और पेड़ को काटने लग जाता है। तब मैं रोने लग गई थी, कहा था—"हाय ईश्वर, अगर तूने ये पेड़ काट दिया, तो इसका मतलब ये होगा कि हमारे घर का कोई आदमी नहीं रहेगा।" और देखते-देखते उसने पेड़ काट दिया, और रोते-रोते मेरी नींद टूट गई।

फिर बीस दिन भी नहीं गुज़रे थे कि अचानक मेरे भाई की मौत हो गई।

इस तरह कई सपने हैं जो तक़दीर की परछाइयों में लिपटे हुए हैं। सिर्फ़ एक वाक़या और कहूंगी–

१९९५ में दिसम्बर, की २६ तारीख को जब सपने में देखा कि मेरे घर की एक पुरानी दीवार थी, घर के पिछले हिस्से में, जिसका एक कोना अचानक गिर गया। मैंने जल्दी से अपने बच्चों को पकड़ कर खींच लिया...जागी तो कुछ पकड़ में नहीं आया कि ये क्या देखा है और क्या होने वाला है ?

ठीक चार दिन गुज़रे थे जब अचानक पहली जनवरी के दिन हार्ट फ़ेल से मेरे पति की मौत हो गई। उनका कमरा ठीक उस पीछे की दीवार से लगता था।

क़ुदरत किस-किस तरह आने वाली घटनाओं के संकेत देती है, हम देखते रह जाते हैं। अभी पंद्रह दिन पहले की बात है, मैंने सपने में देखा कि मेरे पर्स से कुछ नोट और कुछ सिक्के नीचे फ़र्श पर गिर गए, और इधर-उधर बिखर गए। इतने में एक आकृति देखी, पूरी तरह पहचान नहीं पाई कि वो मेरी मां की थी, या बुआ की। अब वे दोनों इस दुनिया में नहीं हैं, और उस आकृति ने वे सारे नोट और नकदी ज़मीन से उठा कर फिर से मेरे पर्स में डाल दिए। मैं जागी तो बेटे से कहा–"तुम्हें कुछ मिलने वाला है" उसकी बहुत-सी रकम देर हुई एक तरह से डूब चुकी थी, देने वाला देने का नाम नहीं लेता था कि अचानक उसका संदेश मिला—आक़र अपनी रक़म ले जाओ। हम लोग उस रक़म से ना-उम्मीद हो चुके थे, और करीब दो साल के बाद अब वो पूरी रक़म मेरे बेटे को मिल गई।

दीवानगी का आलम

ओमप्रकाश महाजन

श्री ओमप्रकाश महाजन के अंतर अनुभव बहुत गहरे हैं–वे कई बार एक दीवानगी के आलम से गुज़रते हैं। उनके कुछ अनुभव मैंने अपनी किताब 'शक्ति कणों की लीला' में दर्ज किए थे, नाम दिया था–निर्वाणिक चेतना, लेकिन यह सिलसिला बहुत वसीह होता है, अबकी बार मैंने उनसे सुन कर लिखने की जगह, उन्हें खुद क़लमबंद करने के लिए कहा, और जो कुछ उन्होंने लिखा है, यहां दे रही हूं–

महाजन जी की क़लम से...

जब तलाश के मरुस्थल में मेरे बाबा मुझे ले गए, मुक्तानंद जी, तो उनकी कृपा मुझ पर बरस गई। उसी में भीगता हुआ मैं आनंदमय हो गया था, और ज़िंदगी एक सहज नदी की तरह बहने लगी। मैंने ख़ुद को नदी की धारा में छोड़ दिया... जाना तो निराकार में होता है, लेकिन आकार सेतु बनते हैं, निराकार मेंले जाने के लिए...

अंतर की पहचान पा लें, तो बाहर वही दिखने लगता है, कण-कण में। 'मैं' चेतना को पूर्ण रूप में देख लें, तो यह हमारा छोटा-सा 'मैं' उसी का एक अंश दिखता है, संक्षिप्त-सा हिस्सा, और जो इस संक्षिप्त से हिस्से में धड़कता है, वही बाहर विराट में धड़कता हुआ सुनाई देता है...किसी से भी दुराव की कोई जगह नहीं बचती। चांद-सूर्य तक भी अपना ही विराट होते हैं, और हम उसी विराट को अपने भीतर में लिए हुए छोटे से 'मैं' से मुक्त हो जाते हैं। 'मैं'

चेतना रहती है–लेकिन विराट रूप में...फिर बैर किससे, और बेगाना कौन ?

यही अनुभव था कि मेरे पूजा-गृह में मेरे बाबा की प्रतिमा भी आ गई, उनके बाबा नित्यानंद जी की भी, और उसी ऊर्जा को लिए हुए, उसी चेतना को, उसी शक्ति को–कितने ही संत महात्मा हैं–नानक, जीसस, माणिक प्रभु, ज्ञानेश्वर, इनायत ख़ान–जो मेरे पूजा गृह में हैं। शिव तो हैं ही, राम और कृष्ण का विराट रूप-चित्र...जिन्हें पढ़ता रहा, प्रभावित होता रहा–वे अंतर में अंकित हैं, और पूजा-स्थान पर बैठे हैं...सब को स्मरण करना नहीं पड़ता, वे स्मरण रहते हैं–मेरी सांस-सांस में उतरते हैं...

घर में पत्नी थी, बच्चे, दो बेटें, दो बेटियां वे मकान की पहली मंज़िल पर रहते, और मैं अकेला पूजा गृह में, पूजा ध्यान करते-करते वहीं सो जाता...

एक रात थी–जब पूरा आसमान मेरा हो गया। देखा आकाश पर जीसिस क्राइस्ट हैं–पास और भी लोग थे, उनके शिष्य होंगे, उन्हें मानने–पहचानने वाले, और मैं अचानक धरती से उठता हुआ–उड़ता-सा, वहां पहुंच गया, उनके क़रीब, बहुत क़रीब...होशो-हवास बस में नहीं रहे, बस यह अहसास हुआ कि मैं किसी ऐसे आनंद में डूब गया हूं–जिसकी बात मैं शब्दों में नहीं ला सकता... शब्द तो बहुत छोटे पड़ जाते हैं...मैं इसी अवस्था में था, पता नहीं कितनी देर तक उसमें रहा, और फिर जब लौट कर अपने को देखा, पूजा-गृह को देखा, तो उस स्वप्न-सी अवस्था को सोचने लगा। फिर लगा–सोच की पकड़ में कुछ नहीं आएगा–मैंने उस अवस्था को जीना है...

रोटी-रोज़ी के लिए काम पर जाना होता था, मेरा दफ़्तर दिल्ली इंडिया गेट के पास ही पड़ता था। जाता, लेकिन जब खाने का समय होता, मैं अकेला होकर फिर ध्यान में डूब जाता...मैं ध्यान नहीं करता था, लगता–ध्यान मुझे करता है... अपने में खींच लेता है और फिर योग की कुछ क्रियाएं–स्वयं होने लगतीं, उन क्रियाओं ने मेरे शरीर को अपना लीला-स्थान बना लिया था...

एक बार–मुक्तानंद जी के एक भक्त थे, उनके घर में कीर्तन हो रहा था, जहां वे एक साधु को भी लाए थे। मेरा वह मित्र मुझे वहां ले गया था, और वहीं जब स्वर उठे, कीर्तन के, तो सारी पवन तरंगित हो उठी, और योग की कई क्रियाएं मेरे शरीर में खुद-ब-ख़ुद होने लगीं। वह साधु महाराज मुझे देखते रहे, फिर कीर्तन के बाद मुझे एकांत में ले जाकर कहने लगे–"तुम क्या कर रहे थे, ऐसे अपने को छोड़ दोगे, तो पागल हो जाओगे। और मैं कहता हूं–इस

तरह तुम थोड़े से दिनों में मर जाओगे।"

मैंने यह सारी घटना अपने बाबा मुक्तानंद जी को लिख कर भेज दी, और कुछ दिनों बाद उनका उत्तर मिला– 'आपकी साधना ठीक से चल रही है, कोईअनिष्ट नहीं होगा। साधु ने जो भविष्यवाणी की है, वह मिथ्या है। वह अल्प ज्ञान की बात है। उस साधु को परमेश्वरी शक्ति के अनुग्रह से होने वाली अनंत क्रियाओं का कोई ज्ञान नहीं होगा। आपको इन यौगिक क्रियाओं से घबराना नहींहै। ध्यान-साधना करते रहना। मेरा आशीर्वाद तुम्हारे साथ है...'

मुक्तानंद जी ने इस घटना का जिक्र अपने ग्रंथ 'चित्त शक्ति विलास' में भी किया है...सचमुच अपने को भाग्यशाली कहने को मन होता है कि मुझे ऐसेबाबा मिले–जिन्होंने मेरे शरीर की अद्भुत क्रियाओं के समय अपनी कृपा बनाए रखी। एक वक़्त ऐसा भी आया था कि मेरे हाथ मेरे वश में नहीं थे, दोनों हाथोंकी तर्जनी उंगलियां मेरे मस्तक के बीच उस स्थान को खरोचने लगी थीं–जहा तीसरा नेत्र कहा जाता है। मेरी उंगलियां उसे इतना छीलतीं कि छोटी-छोटी बुंदे मेरे ख़ून की टपकने लगतीं। सिर के बाल उस खून में चिपक जाते...यह क्रिया क़रीब एक महीना चलती रही फिर मुक्तानंद जी के अनुग्रह से रुकी। इस यौगिक क्रिया का आनंद था कि वैराग्य की एक धारा बहने लगी...खद्दर का कुर्त्ता-पाजामा पहन कर, पैरों में रबर की चप्पल, मैं सर्दी के दिनों में भी बाहर निकल जाता...यह तीन-चार बरस चलता रहा...अंतर के आनंद की अवस्था कह नहीं सकता...मैं स्वयं...स्वयं में डूब चुका था...उन्हीं दिनों कृष्ण और राधा का एक नृत्य देखा, रांस रचाते हुए...

रात को हिमालय की पहाड़ियों में पहुंच जाता–स्वप्नमय अवस्था में–एक बार बाबा मत्स्येन्द्र नाथ जी को देखा, कई दैवी-स्थान देखे, बाबा बालक नाथ के भी दर्शन हुए, मुक्तानंद जी और नित्यानंद जी को देखता–जो आशीर्वाद की मुद्रा में होते...

मेरी स्वप्नमय अवस्था मुझे उनके दीदार भी देती, जिन सिद्ध आत्माओं और सूफ़ी संतों के नाम भी अच्छी तरह नहीं जानता था...

बहुत-सी दरगाहों को भी देखा, और एक बार ऋषि वाल्मीकि जी के दर्शन हुए–जिन्होंने हदय खोल कर मुझे राम, लक्ष्मण और सीता का दर्शन करवाया...

ये आत्मिक क्रियाएं हैं–जो कण-कण बरसती हैं, और मैं उनके आनंद में भीग जाता हूं...और ज़िंदगी सहज एक नदी की तरह बहने लगती है...

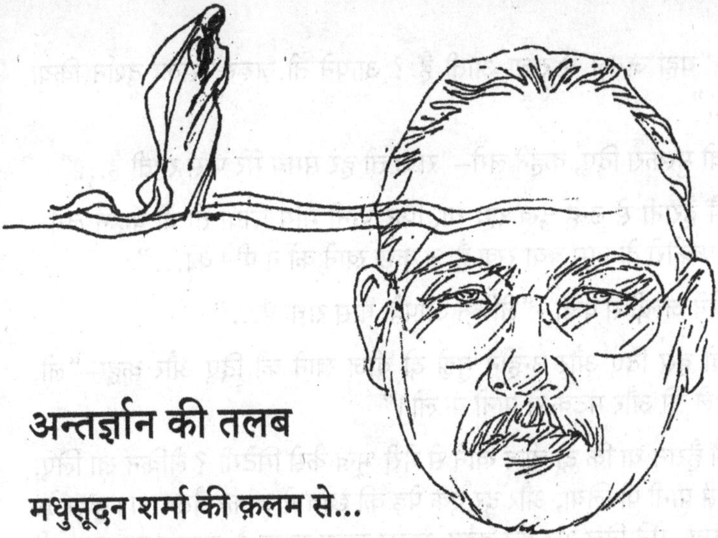

अन्तर्ज्ञान की तलब

मधुसूदन शर्मा की क़लम से...

मेरी मां के मन में एक गहरी आस्था थी। उसके यहां सात बेटियां हुईं, लेकिन बेटा नहीं था, और वो अपनी आस्था लेकर कई दरगाहों पर जाती रही, मन्नतें मांगती रही, और लगता है–उसी आस्था की कोख से उसने बेटे को जन्म दिया, मुझे, १९४२ में, और फिर मुझे गोद में लेकर पीरों, फ़क़ीरों, महात्माओं का आशीर्वाद लेती रही...

मेरे एक मामा थे, जिनकी कोई संतान नहीं थी और उन्होंने मन की ऐसी अवस्था पा ली कि राधा को बेटी मान लिया, और उसके गांव बरसाना में जाने लगे...

वो वैद्य थे, कुछ समय दुकान पर बैठते, फिर बरसाना की गलियों में घूमते रहते। कोई साधु फ़कीर मिल जाता, तो उसकी खिदमत करते। राधा मंदिर के पीछे घना जंगल था, और जब मैं छोटा था, छुट्टियों में मामा के पास जाता, और उनके साथ उसी जंगल में घूमता रहता। मामा ने बताया था कि वहां कई संत हैं, जो बाल राधा के साथ खेलते रहते हैं। उनका मानना था कि कृष्ण तो छलिया है, पर राधा भोली है, थोड़ी-सी साधना से ही दर्शन दे देती है।

एक दिन मैं अकेला उस वन में चलता रहा, तो प्यास से होंठ सूखने लगे। वहां एक झोंपड़ी दिखाई दी और देखा, एक बहुत ही दुबले से बड़ी उम्र के महात्मा वहां बैठे हैं। पास जाकर दंडवत प्रणाम किया। फिर पास बैठ कर पूछने

लगा–"यहां जंगल में राधा आती है ? आपने तो ज़रूर उसका दर्शन किया होगा..."

वो मुस्करा दिए, कहने लगे–"राधा तो हर समय मेरे पास रहती है..."

मैं हैरानी से उन्हें देख रहा था, फिर पानी मांग लिया तो वो कहने लगे–"यहां फ़क़ीरों के पास क्या रखा है, न कुछ खाने को न पीने को..."

मैंने जल्दी से कहा–"लेकिन आपके पास राधा है..."

वो हंस दिए और उन्होंने मुझे दो बीज खाने को दिए और कहा–"लो, प्रसाद ले लो और मटके से पानी पी लो।"

मैं हैरान था कि दो बीज खाने से मेरी भूख कैसे मिटेगी ? लेकिन खा लिए, मटके से पानी पी लिया, और दूर एक पेड़ की छांव में जाकर बैठ गया। कुछ देर बाद लगा–मैंने दिल भर कर बहुत अच्छा खाना खाया है, उसका ज़ायक़ा मेरी जीभ पर था और उसकी सुगंध मेरी सांसों से आने लगी। मैं भाग कर वहां गया, जहां अभी-अभी वो बैठे थे, लेकिन अब वो कहीं नहीं थे। मैं चारों तरफ़ भागता रहा, लेकिन वो मुझसे मिल कर भी खो गए थे...

मामी की सहेलियां, गुरु बहनें, वृंदावन में रहती थीं। उन्हें निरकुंज दासियां कहते थे। मैं कई दिन उनके घर जाकर भी रहता। उनमें से किसी ने कृष्ण को पति मान लिया था, किसी ने सखा, किसी ने पुत्र। मेरी मामी जब उनके घर जाती, तो किसी के लिए शृंगार का सामान ले जाती, किसी के लिए खिलौने और मिठाई। कभी कोई-कोई कहतीं–"आज लल्ला ने ठीक से दूध नहीं पिया, वेधजी को भेजियो, ज़रा देख जाएंगे।"

क़रीब तीन साल के बाद जब फिर मेरा वहां जाना हुआ, तो किसी ने कहा–यमुना के पार ऊंचे मचान पर एक महात्मा बैठे हैं, जिनका दर्शन दूर से करना होता है। पता चला–कभी मोतीलाल नेहरू भी उनके पास आए थे, फिर राजेन्द्र प्रसाद भी उन्हें मानने लगे। एक बार इंदिरा जी भी आई थीं...

बरसात के दिन थे, मैं मुश्किल से वहां पहुंचा, बहुत पास जाना चाहता था, परन्तु सेवादारों ने जाने नहीं दिया। लेकिन जब उन्हें कुछ दूर से और ग़ौर से देखा, तो देखता रह गया–ये तो वही महात्मा थे, जो एक बार मुझे राधा मंदिर के पीछे के वन में मिले थे...पता चला, उनका नाम देवरिया बाबा है, वो

इच्छाधारी हैं, कहीं भी दिखाई दे सकते हैं...

मैंने जब सिविल इंजीनियरिंग का डिप्लोमा ले लिया, तो पहलीं पोस्टिंग कुल्लू में हुई। वहां मुझे खड्डों का मुआयना करना था। मैं दो बेलदारों को लेकर कभी एक खड्डे में उतरता, कभी दूसरे में। पहाड़ियों की चोटी तक भी पहुंच जाता, घूमते-घूमते। कई बार उन पहाड़ों की गुफाओं में किसी तपस्वी का दर्शन भी हो जाता। एक बार उस स्थान पर पहुंच गया, जहां, कहते हैं, जमदग्नि ऋषि ने साधना की थी।

एक बार बिजली महादेव के मंदिर में गया, कुल्लू की एक बहुत ऊंची पहाड़ी पर, जहां मंदिर में शिवलिंग है, और कहते हैं—वहां साल में एक बार शिवलिंग पर बिजली गिरती है, जिससे शिवलिंग के टुकड़े दूर तक बिखर जाते हैं। वहां का पुजारी जब यह सपना देखता है, तो सारे टुकड़े इकट्ठे कर के मक्खन से जोड़ देता है...

मैं मंदिर में रहा था। वहां एक संत धूनी रमा कर बैठे थे, और मुझे ख़ुशी हुई, जब उन्होंने मेरे साथ में रखे हुए सैंडविच और डिब्बे के फलों को स्वीकार कर लिया। वहां मैं उस महात्मा से हमचिलम भी हुआ।

उन्होंने कई बातें सुनाई—तांत्रिक क्रियाओं की, और फिर मेरी प्रार्थना मान कर वो मेरे साथ कुल्लू में मेरे घर भी आए। रास्ता कठिन था। रास्ते में दो गांव पड़ते थे, जहां से वो भिक्षा ले आए थे, और हम दोनों ने बांट कर खाई थी।

वो कुछ दिन मेरे पास मेरे घर में रहे और चंद्रग्रहण के दिन उन्होंने मुझे कुछ मंत्र सिद्ध करवाए, फिर एक दिन वो अचानक कहीं चल दिए।

क़रीब छः महीने बाद हमारा अफसरों का क़ाफिला कुल्लू से मनाली जाता हुआ एक कूल के पास खड्ड में रुक गया। उस खड्ड को करानारा भी कहते हैं। वहां कुदरत का सौंदर्य ऐसा है कि देखते ही रह जाते हैं।

अफ़सरों का क़ाफ़िला आगे चल दिया, लेकिन मैं वहीं रुक गया और एक महात्मा को खोज कर अपने साथ ले आया। बाद में उन्होंने मुझे व्यास-कुंड के कई और संतों से भी मिलाया...

जब मेरा तबादला पालमपुर हुआ, तो वहां मोहल्ले में सिर्फ़ पांच-सात घर थे,

ब्राह्मणों के। वहां बच्चों को बुरी नज़र से बचाने की डोरियां बना कर देते हैं। रविवार और मंगल के दिन दूर-दूर से लोग आते, डोरी बनवा कर ले जाते। वहां एक बुज़ुर्ग ज्योतिषी थे, माने हुए, जिनसे मैं ज्योतिष सीखने लगा–

बनेरी खड्ड गांव डाड के पास से निकलता है। उस खड़्ड पर माता चामुण्डा का मंदिर है। जब मैं उस खड्ड का सर्वे करने के लिए गया, तो कई दिन उस मंदिर में रहा। कहते हैं, वो एक सिद्ध पीठ है। वहां मंत्र-साधना का फल पांच गुना बढ़ जाता है। वहां एक महात्मा से मैंने ज्योतिष की बात की तो वो कहने लगे–ज्योतिष किताबों से नहीं आती, उसके लिए मंत्र सिद्धी भी करनी होती है और सरस्वती की आराधना भी। सरस्वती ज़बान पर हो, तो जो भी ज़बान पर आ जाए, वो सत्य होता है।

उन्हीं से जाना, संन्यास लेने से पहले उन्होंने ज्योतिष का गंभीर अध्ययन किया था, लेकिन उन्हें प्रसिद्धी नहीं, मोक्ष चाहिए था, इसलिए सब छोड़ दिया...

प्रश्नमार्ग की बात चली तो वो हंस कर कहने लगे–"अच्छा, मन का प्रश्न काग़ज़ पर लिख कर पास रख लो!"

मैंने सोचा–नौकरी, तरक़्क़ी, परिवार के संबंध में तो सब लोग प्रश्न पूछते हैं, मैं कोई अलग-सा प्रश्न मन में रख लूं। मैंने काग़ज़ पर लिख कर रख लिया–मेरा इष्ट कौन होगा ?

काग़ज़ मेरे पास था, उन्होंने देखा नहीं, कहा–"दुर्गा के मंदिर में बैठकर पूछते हो कि इष्ट कौन होगा ?"

मैं हैरान था। फिर वो कई दिन वहां मुझे मंत्र सिद्धी करवाते रहे, लेकिन वो कार्य अधूरा रहा, मुझे सब छोड़कर हेड आफ़िस अमृतसर जाना पड़ा। कहना होगा कि सिद्धी का रास्ता बहुत कठिन है। आधी रात के बाद किसी पहाड़ की खाई के पत्थर पर बैठकर मंत्रोच्चारण करना मेरे दिल में एक खौफ़ पैदा करता था। मुझे लगता, जैसे कोई विराट सांप मुझे अपनी लपेट में ले रहा है...भीतर से अलख जगने को होता, लेकिन तभी एक सैलाब-सा आ जाता, और वो आग बुझने लगती...

एक बार मुझे अपने विभाग की ओर से एक और ट्रेनिंग लेने के लिए दिल्ली जाना पड़ा, इसलिए मां को उसके बड़े बेटे के पास छोड़ गया। वो बड़ा बेटा

असल में मां की जेठानी का बेटा था, जिसे मां ने गोद लिया हुआ था। वो मेरा बड़ा भाई कपूरथला में था, जो राजाओं का शहर है, बड़ी-बड़ी हवेलियों वाला और मंदिरों वाला वहां रानी साहिबा के मंदिर में एक महात्मा रहते थे–स्वामी आनंद गिरी। मेरी मां उनके दरबार में अक्सर जाया करती थी। वहीं एक दिन कोई औरत महात्मा जी से कह रही थी कि मेरी बड़ी बेटी विवाह के योग्य हो गई है, लेकिन कोई ठीक लड़का नहीं मिलता। पास से मेरी मां ने कह दिया–"बहन, तू मेरा लड़का देख ले।" और इस तरह उन महात्मा जी के सामने बात पक्की हो गई।

मैं ट्रेनिंग से लौट कर मां को लेने गया, तो ये बात मां ने बताई। महात्मा जी के बारे में बहुत कुछ सुन रखा था, ये भी कि वो एक बार सुलतान पुर लोधी गए थे, बेर साहब गुरुद्वारा में भी माथा निवाने गए, लेकिन सिर पर कोई कपड़ा नहीं था, इसलिए गुरुद्वारे की चौखट पर ही सिर झुका दिया, और उस समय उनकी जटाओं से धन की वर्षा-सी होने लगी। कड़ी सर्दी में भी वो कपड़ा नहीं पहनते थे, लेकिन कोई ज़रूरतमंद सामने आता, तो उनके हाथ नोटों से भर जाते। बदन पर वो सिर्फ़ एक छोटा-सा टाट पहनते थे। विवाह की बात करते हुए मां ने कहा–"बेटा, लड़की देख ले!"

उस वक़्त मैं हंस दिया, कहा–"अगर लड़की मुझे पसंद न हुई, तो उन लोगों से इनकार कर सकोगी ? तुम जो चाहो वही ठीक है। मैं इसे महाराज का प्रसाद मान लूंगा... ।"

मेरा अमृतसर जाना बना रहता था–वहीं रजनीश जी के दर्शन हुए, उनकी आवाज़, उनके प्रवचन मन में कहीं गहरे उतर गए...

वहां महेश योगी से भी मुलाकात हुई, फिर मेरी बदली अमृतसर हो गई, जहां मैं क़रीब बाईस वर्ष रहा...

छहरटा में भल्ला परिवार के ईंटों के भट्टे हैं और मेरा वहां आना-जाना बना रहता था। उनका एक लड़का सुभाष भल्ला मेरे कॉलेज में मेरा सहपाठी था। एक बार इतनी वर्षा हुई, वो लोंग घबरा गए। भट्टे में ईंटें पड़ी थीं, पकने के लिए। वो लोग घबरा कर अनंतनाग से एक तांत्रिक को ले आए, मैं साथ था, और उस तांत्रिक ने नए ब्लेड से अपनी बांह पर एक चीरा लगा लिया, और जो खून टपका, उस खून से एक तावीज़ लिख कर भट्टे पर रख दिया हम सब देखते

रहे कि बहुत वर्षा हुई लेकिन भट्टे पर पानी की एक बूंद भी नहीं बरसी।

वो तांत्रिक कई दिन उन लोगों के घर पर रहा। मैं रोज़ मिलने जाता था, कई चमत्कार देखे। उन दिनों मेरी अचानक तबदीली हो गई लेकिन मैं वहां से जाना नहीं चाहता था। अफ़सरों से कहा कि मुझे एक साल यहां और रहने दिया जाए...

तांत्रिक साहब ने एक अनुष्ठान किया और कहा–"जाकर दफ़्तर से पता करो, मैंने एक वर्ष और रहने के ऑर्डर लिखवा दिए हैं।" पता किया, पता चला कि अभी-अभी फ़ाइल पर दस्तख़त हो गए हैं।

मैं कई दिन उनके साथ रहा। एक दिन वो कहने लगे–"तुम्हें मकान की भी ज़रूरत है, बेटे की भी, दोनों में से एक चीज मेरे से ले लो।" उस समय मेरी उम्र पैंतीस साल की थी, सोचा–बेटा तो कभी भी हो जाएगा मकान मांग लेता हूं। वही हुआ, कुछ महीनों के बाद थोड़ी-सी ज़मीन खरीदने का कारण बन गया और मैं मकान बनवाने लगा, और फिर ऐसा हुआ, फ़रीदाबाद में मेरा मकान तो बन गया, लेकिन बेटा आज तक नहीं हुआ...

अंतर्ज्ञान की तलब तीखी हो गई, तो सुजानपुर में एक महात्मा से मुलाक़ात हुई। वो क़रीब पैंतीस वर्ष के हैं। आई. ए. एस. की परीक्षा में पास हो चुके थे, जब शंकराचार्य जी ने उन्हें स्वप्न दीक्षा दी और वो सब कुछ छोड़ कर गांव के बाहर एक कुटिया में रहने लगे। वेदों उपनिषदों के ज्ञाता हैं और अपनी गुज़र-बसर के लिए फ़िज़िक्स की ट्यूशन कर लेते हैं। उनसे मुलाक़ात हुई, तो लगा–मन के किसी कोने में अलख जगी है।

तलब की इस यात्रा में और भी कई मुक़ाम आए और लगता है–हम अपने पैरों से नहीं चलते, तलब खुद अपने पैरों से चलती है, और फिर ये मार्ग भी उसे राह देता है।

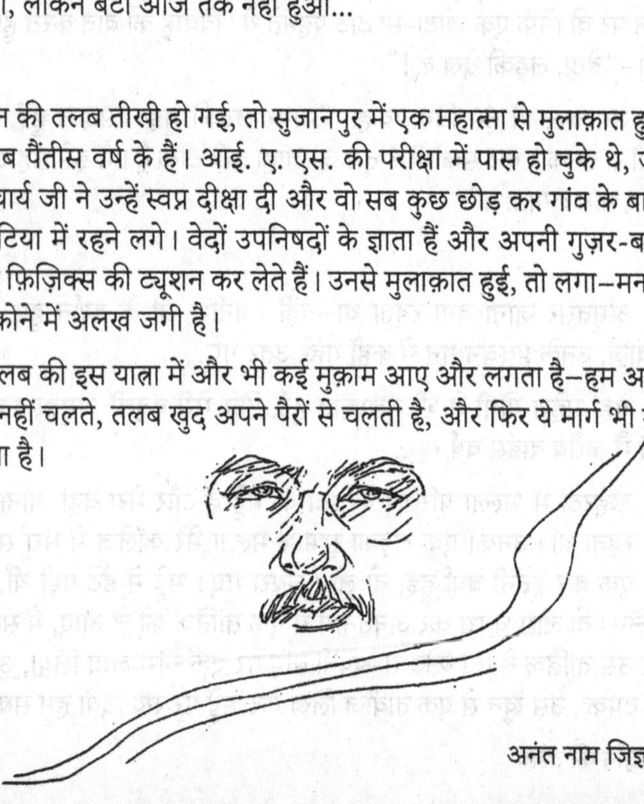

पीर जी का साया

अरुण शेवते मराठी के शायर हैं, लेकिन मुझे एक पाठक के तौर पर मिले थे, पहली बार १९८४ में। फिर यशवंत राव पाटील ने और अरुण जी ने मुझे नेवासा आने का दावतनामा भेजा १९८५ में। नेवासा वो स्थान है, जहां संत ज्ञानेश्वर जी ने 'ज्ञानेश्वरि गीता' लिखी थी। तब मैं और इमरोज़ गए थे, औरंगाबाद तक प्लेन का सफ़र था, आगे गाड़ी से। औरंगाबाद में हम लोग अजंता गए, फिर वहां से नेवासा पहुंचे थे, जहां संत ज्ञानेश्वर महाविद्यालय में मेरी तक़रीर थी। वहां से अरुण जी हमें शनि सिंगनापुर ले गए, जहां की तारीफ़ सुनी हुई थी कि 'वहां किसी घर में ताला नहीं पड़ता...ये यात्रा एक यादगार यात्रा थी, जिसमें अहमद नगर भी जाना हुआ और अरुण जी के घर भी...

अरुण जब भी दिल्ली आते रहे, कभी-कभी अपने उस घर में किसी पीर के स्थान का ज़िक्र करते रहे। अब १९९६ में दिल्ली आए, तो मैंने कहा– "अरुण, आज मेरे पास बैठ कर अपने पीर जी की पूरी दास्तान सुनाओ।" और वे कहने लगे–

"अहमद नगर का वो घर, जिसमें आप और इमरोज़ आए थे, वो मेरी मां के दादा वामनराव पिंपड़ेकर ने बनवाया था १९२६ में। वहां उन्हें कुछ एक बार किसी पीर के रहने का अहसास हुआ। सुबह के चार बजे कई बार एक घोड़े के चलने की आवाज़ आती थी...शायद वो कुछ पहले से जानते थे कि घर की एक दीवार पर पीर जी का साया है, इसलिए दीवार के आले को पीर का स्थान मान कर हर शुक्रवार के दिन खिचड़ी पका कर सामने रखी जाती। उनकी

नज़र की जाती। सलाम-दुआ भी कही जाती। वहां दिया तो रोज़ जलाया जाता था।

वामनराव जी के घर एक ही बेटा था, शंकर। और शंकरजी के घर तीन बेटे हुए, तीन बेटियां। तीनों बेटियों का ब्याह हो गया, बेटों का भी, लेकिन किसी भी बेटे के घर औलाद नहीं हुई...

एक रहस्य हम लोग कभी नहीं जान पाए कि उस घर के तीनों बेटों के घर औलाद क्यों नहीं हुई ?

अजीब घटना है–तीनों बेटे दिन-रात शराब पीने लगे, और वो तीनों जवान उम्र में एक-एक कर के मर गए...

उनकी मौत का रहस्य सिर्फ़ क़ुदरत जानती है या शायद पीर जी जानते होंगे कि हर एक की मौत शुक्रवार के दिन क्यों होती थी ? और हमेशा रात के साढ़े आठ बजे होती थी...

उनकी मां शिवबाई थी, जिसने तीन बेटों की मौत देखी, तो जैसे होश खो जाते हैं, ऐसी हो गई थी। बेटों की मौत के बाद बीस साल ज़िंदा रही और उसे मेरी मां संभालती थी...

घर में सिर्फ़ मां थी, शंकरजी की और शिवबाई की बेटी, जो पीर जी की ख़िदमत करती थीं। उनके पिता का कोई पुत्र नहीं रहा, तो वो घर तीन बेटियों को मिला। जब मेरे पिता गुज़र गए, तो मेरी मां ही उस घर में आकर रही, अपने दोनों बच्चों को लेकर...

अब मैं कुछ नहीं कह सकता कि ये कैसे हुआ, लेकिन ये हुआ कि मेरी मां जो भी ज़बान से बोल देती है, वो पूरा होता है। या जो भी होने वाला होता है, वो सब उनके सपने में आ जाता है...लगता है–उस घर के पीर जी पहले मां के दादा पर मेहरबान थे, फिर सिर्फ़ मेरी मां पर मेहरबान हुए, बाक़ी लोगों से वो नाराज़ थे...

मेरा बड़ा भाई दिलीप जब नौकरी की तलाश में था, कई जगह नाम दर्ज करवाया था, और जब नासिक आकर इंटरव्यू देने की चिट्ठी आई, तो वो नासिक नहीं जाना चाहता था, इसलिए चिट्ठी को एक तरफ़ रख दिया। ये सब मा को नहीं मालूम था कि एक रात मां ने सपने में किसी को देखा जो कह रहा था–"तू

अपने बेटे को नासिक भेज दे! वहां एक आदमी उसकी मदद करेगा और उसे नौकरी मिल जाएगी।"

तब मेरी मां गांव में थी। परबनी नाम के ज़िले में एक झरी नाम का गांव है, वहां मेरी मां छोटे बच्चों के नर्सरी स्कूल में पढ़ाती थीं। मैं मां के पास था और मेरा बड़ा भाई अहमद नगर में। मां ने तार देकर उसे बुलाया, कहा–"तू नासिक चला जा! वहां तुम्हें कोई मिलेगा, नौकरी दिला देगा।"

तब मेरे भाई ने हैरान होकर कहा–"मां, नासिक से तो चिट्ठी आई पड़ी है इंटरव्यू के लिए पर मैं गया नहीं।" तब मां के कहने से वो चला गया और उसे नौकरी मिल गई। वहां कोई आदमी भी मिला था, जिससे पहचान नहीं थी लेकिन नौकरी दिलाने में उसने मदद कर दी थी...

अमृता जी, रोज़मर्रा की कई बातें हैं, अब मैं मां को लेकर बम्बई में रहता हूं, जहां मेरी पत्नी मां की बहुत सेवा करती है, और मेरे नए-पुराने दोस्तों को देख कर मां जो भी बोल देती है, देखता हूं–वही सच होता है।

हू की ध्वनि

सूफ़ी शायर सुल्तान बाहू के कलाम की हर पंक्ति का आख़िरी हरफ़ हू है, जिसे बोलते-सुनते हुए एक दीवानगी तारी हो जाती है। रजनीश जी के लफ्ज़ों में–ऊँ की ध्वनि अनाहत चक्र पर चोट करती है, और हू की ध्वनि मणिपुर चक्र पर।

कहा जाता है कि हू की साधना फ़ना की साधना है, मिट जाने की, जिसके ब्योरे में जाकर रजनीश जी ने कहा–"हां, ये मौत का निमंत्रण है, लेकिन साधारण मौत का नहीं, जो शरीर की होती है। ये महामौत का निमंत्रण है–मन की और अहंकार की मौत का। जिसे हम मौत कहते हैं, वो मौत हमें नया शरीर दे देती है, जैसे एक मकान खंडहर हो जाए, तो आप उसे छोड़ कर नए मकान में बस जाते हैं, लेकिन वो मौत मिटा नहीं सकती–ये सूफ़ियों का शब्द असल मौत देता है, 'मैं' को मिटा देता है...

तीन नवंबर के दिन जब जबलपुर के संन्यास आश्रम, देवताल बाड़ा के श्री आनंद विजय मेरे घर आए, क्योंकि पहली बार आए थे, मैंने उन्हें पहली बार देखा था, इसलिए अपने आश्रम की कई बातें सुनाते हुए कहने लगे–"उन्होंने महामंत्र हू की साधना जब शुरू की, तो अचानक बहुत बीमार हो गए, इतने कि जैसे मौत के क़रीब होते हैं। उस समय जब उन्हें १०६° बुखार था, उन्हें कई प्रेत आत्माएं दिखाई दी। वे सब कह रही थीं–"जब तक हू की साधना करोगे, इसी तरह बीमार रहोगे। हू की ध्वनि बंद करो, हम कई आत्माएं बरसों से इस देवताल पर रहती हैं, और ये हू की ध्वनि हमारे लिए ख़तरा बन गई है।"

आनंद विजय जी ने बताया–"तेज़ बुखार के बाद मैं जब कुछ होश में आया, यक़ीन नहीं आ रहा था कि अभी मेरे साथ जो घटना हुई, क्या सचमुच हुई है ? मैं सोच रहा था कि बुखार की तेज़ी में ये ज़रूर मेरी कल्पना होगी, लेकिन ये घटना फिर दो बार हुई। मैं उन प्रेत आत्माओं के चेहरे भी पहचानने लगा था। वो बार-बार कह रही थीं–'यहां से चले जाओ या हू की आवाज़ बंद करो।' मुझे कुछ पता नहीं चल रहा था कि ये कोई सपना था, जो बार-बार आ रहा था या मेरी कल्पना कहीं अटक गई थी। ये किस तरह हो सकता है कि कोई आत्माएं हू की आवाज़ से घबराती हों। उस समय मैंने हैरान होकर रजनीश जी को ख़त लिखा। जवाब मिला–'हू की साधना जारी रखो, घबराना नहीं। जो हो रहा है, ठीक हो रहा है। एक घटना और होगी, उसका इंतज़ार करना।' और कुछ दिनों के बाद वो घटना भी हुई। मैं बीमार ही चल रहा था, पर हू की साधना कर रहा था, और जैसे रजनीश जी ने कहा था कि जब भी वो आत्माएं आएं, उनसे कहना–मेरा हू जारी रहेगा। आपने यहां से जाना है तो चली जाइए, नहीं जाना, तो मेरी हू की साधना में शामिल हो जाइए, इसलिए मैं ये ही लफ़्ज़ उनसे कहता रहा। संकल्प ले लिया कि ये ही कहता रहूंगा और हू की ध्वनि से आश्रम गूंजता रहेगा...

"फिर कुछ दिनों के बाद कई नई आत्माएं सामने आईं, कहने लगीं–"हम भी यहीं रहती हैं, हम भली आत्माएं हैं। वो जो उपद्रवी आत्माएं हैं, वो हू से परेशान हैं। वो यहां से चली जाएं, तो हमारा भी भला होगा। आप हू की आवाज़ जारी रखो' ।"

बाद में आनंद विजय जी ने ये पूरा वाक़या रजनीश जी की एक क़िताब में भी छपा हुआ दिखाया...

स्वामी आनंद विजय जी का सुनाया हुआ ये वाक़या बहुत प्यारा था, कीमती था, इसलिए उनके जाने के बाद मैंने सुल्तान बाहू के कलाम का टेप लगा दिया और कमरा हू की आवाज़ से भर गया।

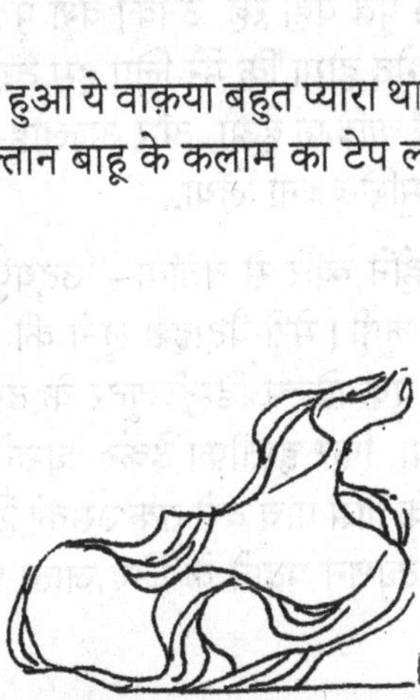

एक नेक आत्मा

एक बार एक नेक आत्मा एक पंडित जी से मेरी मुलाकात हुई, जिन्होंने कुरान की आयतों पर सिद्धि की हुई थी। उनका नाम पंडित शिव सुंदर दधीचि था। मेरे साथ उनकी बात श्री वीरेंद्र मागो ने की थी, और मैंने टेलीफ़ोन कर उन्हें अपना इश्तियाक़ बताया–मिलने के लिए। वे बड़ी मेहरबान तबीयत के थे, एक दिन मेरे घर आ गए। |

मैंने बड़े तपाक से उन्हें बैठाया, और हंस कर पूछा–"आप उसी ऋषि दधीचि के वंश से हैं, जिसने देवताओं को अपनी हड्डियां दान की थीं ?"

कहने लगे–"दुरुस्त फ़र्माया है! दधीचि ऋषि के ग्यारह पुत्र थे, जिनमें से एक अफ़गानिस्तान चला गया, जिसकी वंश परम्परा अब दाइयां कहलाती है। बाक़ी दस पुत्र यहीं रहे, उनकी वंश परंपरा दधीचि कहलाती है। यह भी ईश्वर का कोई भेद होगा कि मेरे लिए इस तरह का सबब बन गया कि मिस्त्री याहिया खान से मैं वाक़िफ़ हुआ, और अल्लाह-ईश्वर की यहीं मर्ज़ी हुई कि मैंने याहिया ख़ान को मुर्शिद बना लिया..."

उन्होंने ब्यौरे से बताया–"उदयपुर और जोधपुर के मध्य में एक शहर आता है–लूनी। मेरी पैदाइश लूनी की है। रोज़गार की तलाश में दिल्ली आया था। यहां एक फ़िल्म डिस्ट्रीब्यूटर के दफ़्तर में काम मिल गया, पांच-छः बरस काम किया, फिर इस्तीफ़ा देकर ट्यूशनें,पढ़ाने लगा। एक बिजली का ठेकेदार था, जिसके पास पांच बजे तक उसकी लिखा-पढ़ी का काम करता था, फिर सात बजे एक ट्यूशन पढ़ाने के लिए जाता था। बीच में एक घंटा फ़ुरसत का हुआ

करता था, जो घर जाकर वापस आने के लिए काफ़ी नहीं था, और समझ में नहीं आता था कि वह घंटा कहां गुज़ारूं। वहीं ठेकेदार के एक मिस्त्री याहिया खान से कभी-कभी मुलाक़ात होती थी, एक दिन वह कहने लगा–'मेरा घर रास्ते में आता है, बाबू जी, आप रोज़ एक घंटा मेरे घर आ जाया करो।'

वहां जाकर देखा कि ज़रूरतमंदों की क़तार लगी होती थी, और याहिया खान किसी को मंत्र लिख कर दे रहे होते, किसी को फूंक मार कर पानी दे रहे होते। वह इंसान मुझे बड़ा नेक लगता था, पर जो देखता था, लगता था कि यह लोगों को मूर्ख बनाने वाली बात है...

"मैं कुछ पूछता, तो याहिया खान हंस देते। कभी-कभी इतना कह देते–'मैं लोगों की खिदमत कर रहा हूं। कोई पैसे वाला आ जाए, उसकी भी, मैं उसे न नहीं करता, पर जो लोग ग़रीब होते हैं, जिनके पास दवा-दारू के लिए भी पैसे नहीं होते, मैंने उनके लिए यह खुदाई इमदाद हासिल की है...'

"इस तरह कई महीने बीत गए, तो एक दिन मैंने कहा– 'अगर आपके पास कोई खुदाई बख़्शिश है, तो मेरी भी मदद करो, मुझे एक सरकारी नौकरी ले दो! जहां पेंशन मिल जानी हो, और उम्र की रोटी महफ़ूज़ हो जाए...'

"वे हंस दिए, कहने लगे–'दिसंबर बीतने से पहले नौकरी मिल जाएगी।' वह सितंबर का महीना था, मैं रोज़ अखबार देखता, जहां कोई जगह खाली होती, अर्ज़ी दे देता। अक्तूबर भी बीत गया, नवंबर भी। मैं निराश-सा हो गया था कि अचानक दिसम्बर की २२ तारीख को नौकरी मिल गई। बात तो पीर की सही हो गई, फिर भी मुझे यक़ीन नहीं आया, सोचा–यूं ही हो गई...

"पर यह भी सच था कि मैं उनकी कई अज़मते देखता था, और यह भी सच था कि मुझे उनके इल्म में यकीन आने लगा था, पर दिल में यह कभी नहीं आया था कि मुझे भी यह इल्म हासिल हो। इसी तरह कुछ समय बीत गया तो एक दिन वे कहने लगे–'बाबू जी, आपकी आत्मा नेक-पाक है, आप गोश्त भी नहीं खाते, शराब भी नहीं पीते, आप मुझसे यह इल्म हासिल कर लो और लोगों की खिदमत करो।'

"उस समय मैंने कहा– 'यह इल्म तो आपके बेटे के पास जाना चाहिए। उसका हक़ बनता है कि आप उसे बख़्शों!' वे कहने लगे– 'मेरा बेटा इस क़ाबिल नहीं। अगर मैंने इल्म उसे दिया, तो उसका रुझान पैसे कमाने की ओर

होगा, लोगों की ख़िदमत करने की ओर नहीं। यह इल्म किसी पाक आत्मा के पास होना चाहिए...”

यह इल्म पंडित जी ने किस तरह हासिल किया, मैंने यह बात पूछी तो उन्होंने तफ़सील से बताया–“पूरे छः साल साधना की, रोज़ पीर के घर जाकर। यह साधना आयतों और हिंदसों के अनुसार करनी होती है, मसलन–एक छोटी-सी आयत है, ‘या बाशितो’, उसके ७२ हिंदसे हैं। ये हिंदसे मुक़र्रर होते हैं, पता नहीं किस हिसाब से...”

मुझे हिब्रू से आए हिंदसे याद आए–ए का एक, ई के पांच, एफ़ के आठ और इसी तरह हर अक्षर के अलग-अलग, पर आज तक कोई नहीं जानता कि ये हिंदसे किस हिसाब से मुक़र्रर हुए हैं। पंडित जी कहने लगे–“आयतों के अक्षरों को मिली हुई गिनती मिस्र से चली आ रही है, पर यह बात किसी के इल्म में नहीं कि यह गिनती कैसे बनी।”

और उन्होंने तफ़सील बताई–“जिस आयत के ७२ अंक हैं, उसे ७२ दिन पढ़ना होता है। काग़ज़ पर दर्ज करते जाना, पहले दिन एक बार, दूसरे दिन दो बार, तीसरे दिन तीन बार, और इस तरह करते-करते ७२वें दिन ७२ बार...हर आयत के हिंदसों की गिनती के मुताबिक़ साधना करनी होती है।”

मैंने पूछा–“कभी आयतों के हिंदसों की गिनती ज्यादा होती होगी ?”

उन्होंने बताया–“जी हां, कई तीन हज़ार एक सौ पचीस हिंदसों की हैं... इसीलिए चालीसे काटे जाते हैं। अगर दिन में तीन हज़ार एक सौ पचीस बार पढ़ें, तो चालीस दिनों में गिनती पूरी होती है। इसका एक तरीक़ा गिनने का यह होता है कि एक हज़ार दानों की तसबीह बना कर तीन बार पूरी कर ली, और फिर १२५ दानों के आगे–गांठ लगाकर गिनती पूरी कर ली और एक तरीक़ा यह भी कि सौ बार पढ़ने में कितना वक़्त लगता है, उस हिसाब से घड़ी का वक़्त देख लिया, और फिर घंटों का समय पक्का कर लिया...”

मैंने पूछा–“इसकी इब्तदा किसी खास दिन से की जाती है या किसी दिन से भी ?” मन में आया था कि ज़रूर कहीं चंद्रमा का ताल्लुक होगा।

उन्होंने बताया, “एकम के चांद वाली रात से जो पहली जुमेरात आए, उस दिन से इब्तदा होनी चाहिए। उसे नौचंदी जुमेरात कहते हैं...आपने आयतों के

हिंदसों की बात पूछी थी, एक 'दुआए शिफ़ा' होती है, जिसकी गिनती एक लाख पैंसठ हज़ार छः सौ ग्यारह होती है। वह उसी हिसाब से पूरी की जाती हैं....."

पूछा कि सारी साधना हो जाए, तो उसकी कोई खास रस्म अदा की जाती है ?

वे कहने लगे–"तब नियाज़ देना होता है। रोज काग़ज़ों पर जो आयतें लिखी जाएं, उन सभी काग़ज़ों को लपेटकर, आटे में गूंध कर, वह आटा बहते दरिया में मछलियों को डालना होता है। साथ ही खीर पका कर, आधी खीर दरिया की नियाज़ देना होता है, और आधी खुद खानी होती है। उसके बाद ही यंत्र का इस्तेमाल हो सकता है, पहले नहीं..."

लगा–यह सब कुछ मंत्र शक्ति से पैदा होने वाली वाइब्रेशन्स की बात है। बात चाहे किसी मज़हब के अनुसार हो, अलग-अलग तौर तरीक़ों में, पर बात वाइब्रेशन्स को पैदा करने की है। चाहे सूरत यंत्र की हो, पानी की, या हीरे, मोती, नीलम, पुखराज या नगों की।

पूछा–"नौ चंदी जुमेरात ने चंद्रमा की शुआओं का असर साधना में मिला दिया, पर क्या सूर्य किरणों का कोई हिसाब-किताब सामने रखा जाता हैं?"

वे कहने लगे–"जी हां, सूरज के बारे में हिदायत है कि साधना का समय वह चुना जाए, जब या तो सूर्य उदय हो रहा हो या अस्त हो रहा हो, मसलन पांच घंटे साधना करना है, तो रात दो बजे शुरू की जाए, जो सुबह सात बजे तक चले। इतने में सूर्य उदय हो जाएगा, या शाम के समय शुरू की जाए, ताकि उस दौरान सूर्य, अस्त हो जाए..."

साधना के दौरान किस आसन पर बैठना होता है–कुशा आसन पर या मृगछाला बिछा कर, किताबों में पढ़ा यह ब्यौरा भी मेरे सामने आया, और रंगों की तफ़सील का भी, जिनके बारे में मैंने जानना चाहा, तो वे कहने लगे–"जी हां, ये सब हिदायतें होती हैं। कुछ आयतों की साधना के समय आसन सिर्फ़ दरी का चाहिए, कुछ आयतों की साधना के समय टाट का या घास का। इसी तरह रंगों का फ़र्क़ भी करना होता है, किसी के समय लाल रंग जलाना होता है, किसी के समय काले रंग को, किसी के समय खांकी या सफ़ेद रंग को...मसलन गूगल में केसर मिला कर जलाएं, तो धुआं लाल रंग का हो जाता है। लौंग काले

रंग की नुमाइंदगी करती है, जायफल ख़ाकी रंग की, और लोबान सफ़ेद रंग की..."

सुना हुआ था कि सिद्धियों की प्राप्ति के लिए जो साधना की जाती है, उस दौरान साधना की वाइब्रेशन्स आकारमय हो जाती है। मैंने जब इस पहलू को जानने का सवाल किया, तो वे कहने लगे–"जी हां, धुएं में से धुएं के आकार की आत्माएं नुमायां होती हैं, पर वे मेहरबान होने से पहले इंसान की सख़्त आज़माइश लेती हैं। उस समय डरना या घबराना नहीं चाहिए। मैं कोई हिम्मत वाला इंसान नहीं, पर मेरी साधना के दौरान मेरे पीर जी मेरे कंधे पर हाथ रख कर बैठे रहते थे..."

मैं हंस दी, कहा–"पीर जी ने तो पहचान लिया था कि आप एक नेक आत्मा हैं, पर क़ुदरत की शक्तियों को भी तो पहचान करना था..."

वे सुनाने लगे–"जी हां, बात तो आत्माओं को पाक रखने की होती है। एक बार मेरे पीर का एक शागिर्द मेरे साथ हसद करने लगा। वह पीर से शिकायत भी किया करता था कि वे सारा इल्म मुझे देते हैं, उसे नहीं। पीर हंस देते थे। एक दिन बड़े मरीज़ आए हुए थे। पीर ने मुझसे पूछा–'भई बाहर कमरे में कौन है?' तो मैंने कहा–जी खुदा की खलक़त है।'

फिर यही बात पीर ने उस दूसरे शिकायती शागिर्द को बुला कर पूछी, तो वह कहने लगा–जी इतने मर्द हैं और इतनी औरतें...उस समय पीर जी ने कहा–'ले भई, आज तेरी शिकायत का जवाब मिल गया। तुझे अभी मर्द और औरत का फ़र्क़ दिखता है। तुझे अभी सारे इंसान खुदा की ख़लक़त नहीं दिखते। तुझे यह इल्म हासिल नहीं होगा...

"उसकी शिकायत में यह बात भी शामिल थी कि पीर साहब एक हिंदू को इल्म दे रहे हैं, मुसलमान को नहीं। उस समय पीर जी ने कहा–'बात हिंदू और मुसलमान की नहीं, बात नेक आत्मा की है...' "

और यही सारे इल्म का नाफ़-नुक्ता था कि दधीचि ऋषि के वंश से आए एक पंडित ने याहिया खान को मुर्शिद बना लिया था...

वाइब्रेशन्स वाले नुक्ते पर कुछ और रोशनी डालने वाला एक सवाल मैंने यह भी पंडित जी से पूछा कि अलग-अलग आसन वाली आयतों का कोई अलग-अलग नाम भी होता है कि नहीं ?

वे कहने लगे–"ज़रूर होता है। आयतें चार तरह की होती हैं–आबी, खाकी, बादी और जलाली। यानी पानी, ज़मीन, हवा और अग्नि की चार शक्तियों को नुमायां करने वाली। आबी बड़ा सुकून देती हैं, और जलाली सारे बदन में आग लगा देती हैं....

पंडित शिव शंकर दधीचि से यह मुलाक़ात एक बड़ी पाक आत्मा से मुलाकात थी, मैंने उन्हें भी सलाम कहा, और उनके पीर याहिया खान को भी!

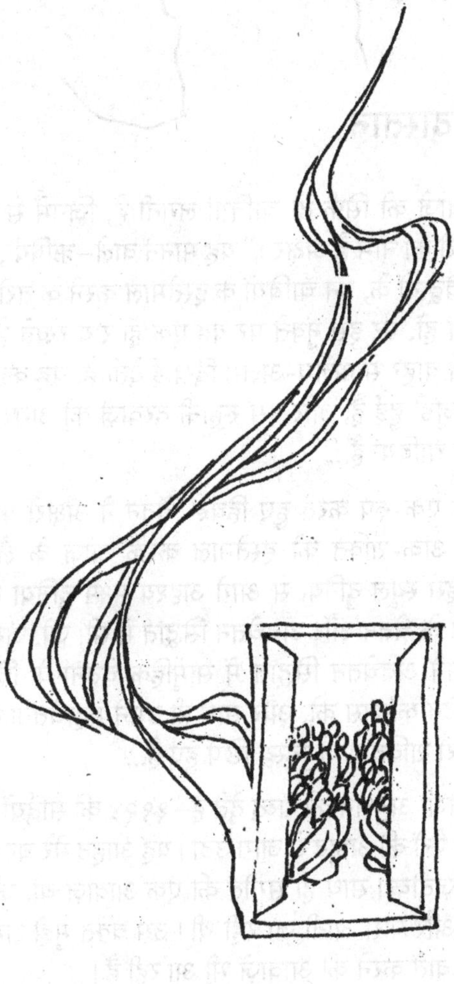

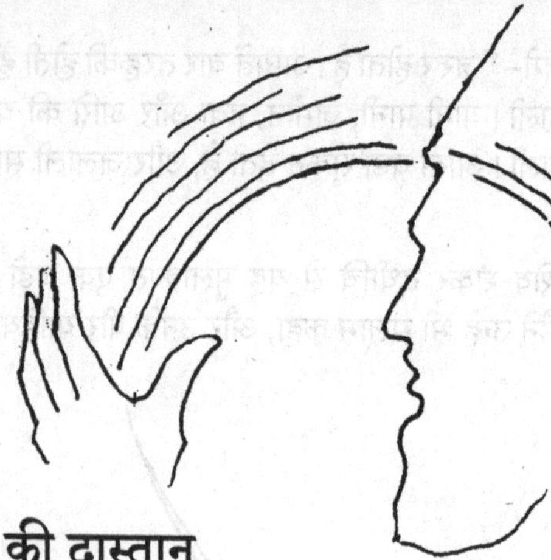

दो चाबियों की दास्तान

"रूहानी इल्म के दरवाज़े को सिर्फ़ दो चाबियां लगती हैं, जिनमें से एक का नाम है अंक, और दूसरी का नाम है अक्षर।" यह मानने वाले–ऋषियों, सूफ़ियों और दुनिया के दूसरे विद्वानों के, इन चाबियों के इस्तेमाल करने के तरीके, भले ही एक-दूसरे से अलग हों, पर इस नुक्ते पर वह एक ही राय रखते हैं कि पूरे ब्रह्मांड की हर चीज़ जो बाहर से अलग-अलग दिखाई देती है, वह कहीं भीतर से एक-दूसरे के साथ जुड़ी हुई है, और इस रूहानी दरवाज़े को अगर खोलना हो, तो उसकी सिर्फ़ दो चाबियां हैं...

दोनों चाबियों को एक-रूप करते हुए हिबरू-चिंतन ने अक्षरों को अंक-शक्ति दी, और इसी अंक-शक्ति को इस्तेमाल करके आज के लैथबरिज जैसे परावैज्ञानिकों ने इस स्थूल दुनिया से आगे अदृश्य सूक्ष्म दुनिया की ओर संकेत किया है...फ्रायड के चेतन और अवचेतन सिद्धांत में सी. जी. जुंग पहला मनोवैज्ञानिक था, जिसने अवचेतन सिद्धांत में सामूहिक चेतना के चिंतन को शामिल किया–कलैक्टिव कॉन्शस को, और साथ ही उसने महाचेतना की ओर संकेत किया, जिसमें परा शक्तियों के रहस्य छिपे हुए हैं...

जुंग अपने एक निजी अनुभव को शब्द देते हैं–१९२४ की सर्दियों की एक रात थी, जब मैं बहुत से पैरों की आहट से जाग उठा। यह आहट मेरे घर से बाहर थी, पर घर के बहुत नज़दीक। साथ ही संगीत की एक आवाज़ थी, जो दूर से सुनाई देती हुई, पास, और पास आती जा रही थी। उस वक़्त मुझे लगा–कई आवाज़ों के हंसने और बातें करने की आवाज़ें भी आ रही हैं।

" यह कौन हो सकता है ?–मैं सोचने लगा कि बाहर की नदी की ओर सिर्फ़ एक छोटी-सी पगडंडी है, वहां इस वक़्त कौन थे ?

"मैं उठकर खिड़की की ओर गया, उसे खोल कर बाहर दूर तक देखा, पर कहीं कुछ भी दिखाई नहीं दे रहा था। तेज़ हवा तक नहीं थीं। यह भी लग रहा था कि मैंने जो कुछ सुना था, वह सपने की हालत में नहीं था, तो भी उसे अपना भ्रम समझकर मैं सो गया...

"और वही सब कुछ फिर सुनाई देने लगा–वही पैरों की आहट, वही संगीत, वही हंसी, पर इस बार सैकड़ों चेहरे भी दिखाई देने लगे, जैसे वह इतवार के दिन खूबसूरत क़पड़े पहनकर हंसते-खेलते कहीं जा रहे, देहाती लड़कों के चेहरे हों...

" मैं सोचने लगा–"कमाल है, जिस बात को मैं सपना समझ रहा था, वह हक़ीक़त था। और मैंने उठकर दोबारा अपने कमरे की खिड़की खोली। बाहर पूरे चांद की खुली चांदनी थी, पर कहीं किसी की परछाईं तक भी नहीं थी...यह क्या था, जो था भी, और नहीं भी ? यह जलूस की शक्ल में चल रहे लड़के, जो दिखाई दिए, वह एक हक़ीक़त थे या भ्रम ?

" यह राज़ मैं बहुत देर बाद जान पाया कि सतहवीं सदी में एक आदमी हुआ था, जो इस क्षेत्रीय स्थान पर परा शक्तियों की साधना करता था। एक रात उसके साधना-स्थान को बहुत से लोगों ने घेर लिया और सारी रात गाते रहे... उसी साधक ने दूसरे दिन इस बारे में पूछताछ की तो एक चरवाहे से उसे पता लगा कि इस जगह पर इलाक़े के जवान लड़कों की एक हंसती-गाती टोली, मौत के मुंह में चली गई थी..."

सी. जी. जुंग का यह अनुभव आज के परावैज्ञानिक लैथबरिज़ की उस खोज की ताईद करता है, जिसका कहना है कि हमारी दिख रही दुनिया से ऊपर एक सतह है, जिसमें हर बीती हुई घटना क़ायम हो जाती है....

और इसी तरह के कुछ और क्षेत्रों की बात करते हुए, रूहानी इल्म जानने वालों ने, रूहों के निवास के कई और क्षेत्र माने हैं। हमारी दिखाई दे रही दुनिया की सतह से ऊपर भी और इसी दुनिया का वह हिस्सा भी, जहां हमें अपनी सीमित दृष्टि से कुछ नहीं दिखाई देता...

आत्म-विज्ञान के अध्ययन पुनर्जन्म का सिद्धांत, हमारे प्राचीनतम चिंतन में तो शामिल है ही, पर आज के वैज्ञानिक युग में इसका अध्ययन पश्चिमी देशों में भी हो रहा है, पर जानती थी कि इस्लाम में पुनर्जन्म का सिद्धांत नहीं माना जाता तो भी रूहों को वश में करने वाला इल्म उनके एतक़ाद में बड़ी अहमियत रखता है।

मैं काफ़ी देर से किसी ऐसे इंसान की तलाश में थी, जो इस इल्म के बारे में गहरी जानकारी भी रखता हो, और साथ ही इस इल्म पर कुछ रोशनी डालने के ख़्याल से मेरे साथ बातें करने के लिए रज़ामंद हो जाए।

मेरी इसी तलाश में से मुझे दिल्ली के एक मौलवी हफ़ीज़ुर्रहमान का पता मिला, जिनसे पहली मुलाकात में ही मेरी दिलचस्पी और गहरी हो गई।

वह शहर की एक घनी आबादी में रहते हैं, जहां पहुंचने के लिए बहुत संकरी गलियों में से गुजरना पड़ता है। एक गली के संकरे दरवाज़े में से गुज़रकर, सामने एक खुला आंगन आ जाता है, जिसके एक ओर मदरसा खुला हुआ है, और दूसरी ओर यूनानी दवाखाना, और साथ ही हुजरे जैसा एक स्थान है, जहां बैठकर वह मौलवी साहिब ग़ैबी मर्ज़ वालों को तावीज़ देते हैं, पर इस माहौल में, मैं उनके साथ अपनी दिलचस्पी की बात तो कर सकती थी, मगर तीन-चार घंटे लंबी मोहलत नहीं पा सकती थी।

जिन लोगों ने उनका पता दिया था, उनसे मैंने इतना भर जान लिया था कि वह बड़े पाक-रूह इंसान हैं। इतने कि अपने खर्च पर वह क़रीब चालीस ज़रूरतमंद बच्चों को तालीम भी | देते हैं और रिहाइश भी।

यह भी पता लगा कि वह कभी किसी के घर जाना मंजूर नहीं करते, पर जब एक बरस लंबी मेरी जुस्तजू वह पहचान गए, तो यह १८ अप्रैल, १६८६ की सुबह थी, जब उन्होंने मेरी दावत क़बूल कर ली, और मेरे घर आने के लिए मान गए।

यह एक लंबी मुलाकात थी, जिसमें मैंने जाना कि सहारनपुर ज़िला के देओबंद इलाक़े में उनके परदादा मौलाना शरफ़ुद्दीन रफ़ीउद्दीन ने अरबी-फ़ारसी की तालीम देने के लिए एक यूनिवर्सिटी खोली थी, और जहां के सैकड़ों तालिबइल्म उनके मुरीद हो गए थे...

उसी जगह उन्होंने तालीम पाई–अरबी-फ़ारसी की भी, यूनानी तिब की भी, इल्मे नजूम की भी, और इल्मे जफ़र की भी।

इस इल्मे जफ़र का ताअल्लुक परा–शक्तियों के साथ है, जिसकी तफ़सील में जाते हुए उन्होंने बताया कि उनके एतक़ाद में पूर्वजन्म का सिद्धांत शामिल नहीं है और न ही मौत के बाद रूहों के भटकने का, पर उनके एतक़ाद में एक ऐसी नस्ल का सिद्धांत ज़रूर शामिल है, जिसे 'जिन्नात' कहते हैं। कहने लगे–"यह जिन्नात नस्ल इसी हमारी दिखाई देने वाली दुनिया में रहती है, पर दिखाई नहीं देती, और यह एक ऐसी नस्ल है, जिसे किसी भी तरह की सूरत बदल लेने का इख़्तियार है।"

पूछा–"यह छलावा नस्ल क्या खलाई शक्तियों की ही कोई सूरत नहीं ? कुदरती तत्त्वों के जिस खास तवाज़ुन से इंसान पैदा होता है, और जिस किसी अलग तवाज़ुन से पशु, पक्षी, पेड़ और फूल पैदा होते हैं, उसी के किसी अलग तरह के तवाज़ुन से शायद यह जिन्नात नस्ल पैदा होती हो ?"

वह हंस दिए और जिन्नात को वश में करने के अमल की बात करते हुए कहने लगे–"इस साधना के चार पहलू होते हैं–बादी, खाकी, आबी और आतिशी..."

ज़ाहिर था कि खलाई तत्त्वों में से अगर हवा के तत्त्व को वश में करना है, तो वह अमल बादी होगा, अगर पृथ्वी तत्त्व को वश में करना है, तो वह अमल खाकी होगा, और इसी तरह जल तत्त्व के लिए आबी और अग्नि तत्त्व के लिए आतिशी...

इल्मे जफ़र में सबसे ज़्यादा अंकों की अहमियत है, जो रूहानी इल्म के दरवाज़े की चाबी है। और इसकी तशरीह करते हुए उन्होंने हवाला देकर बताया–"जैसे कुरान की एक पंक्ति है––'इन्ना रब्बी रहमुल वदूद।' जिसका अर्थ है–बिलाशुबहा मेरा खुदा मेहरबान है और मोहब्बत करने वाला है। इल्मे जफ़र के मुताबिक इस पंक्ति के कितने अंक हैं, यह देखना होता है। जिस पंक्ति के जितने अंक हों, उतनी मर्तबा.वह कलाम चालीस दिनों तक पढ़ना होता है..."

कोलिन विल्सन की किताब में एक परावैज्ञानिक लैथबरिज़ की खोज के बारे में मैंने जो पढ़ा था, वह याद आने लगा कि अंक चालीस इस दिखाई देने

वाली दुनिया का आखिरी अंक है। इसके बाद वह दुनिया शुरू होती है, जो दिखाई नहीं देती, और फिर चालीस अंक के बाद एक सतह शुरू होती है, जहां वह दूसरी सतह खत्म हो जाती है

अंक चालीस की बात चली, तो हफ़ीज़ुर्रहमान साहिब के साथ आए दूसरे मौलवी साहिब कहने लगे–"इसका जवाब मैं देना चाहता हूं। है तो यह कोई क़ुदरत का राज़, जो जाना नहीं जा सकता, लेकिन यह राज़ इस बात से कुछ पकड़ में आता है कि ज़ब मां की कोख में कोई बच्चा आ जाता है, तो वह सिर्फ़ क़तरे की सूरत में होता है, जो चालीस दिन तक उसी सूरत में रहता है। उसकी तरबियत इकतालीसवें दिन से शुरू होती है...इसी तरह इल्मे–जफ़र में जो चालीसा काटा जाता है, उसका ज़हूर इकतालीसवें दिन से शुरू होता है..." लगा–यह इल्म भी एक परा–वैज्ञानिक के इल्म जैसा है, जिसने अंक के वसफ़ को तलाश लिया है, पर इस वसफ़ के भीतर कौन-सा राज़ है, उस राज़ की सूरत को नहीं पहचाना...

पर यह वह घड़ी थी, जब यह लफ़्ज, मेरी नज़र में उस सामर्थ्य से जुड़ गया, जो किसी भी पैमाइश का सामर्थ्य होती है।

मैंने हफ़ीजुर्रहमान साहिब से पूछा–"यह तो जानती हूं कि जिस तरह अल्लाह लफ़्ज़ के अंक गिने गए हैं, और उन्हें तीन पंक्तियों में इस तरह बांटा जाता है कि जिस ओर से भी गिनती की जाए, उसका जोड़ ६६ आना चाहिए। जैसे अल्लाह के नाम का तावीज़ जब बनाया जाता है, तो पहली पंक्ति में २१, २६, १९ अंक लिखे जाते हैं, दूसरी पंक्ति में २०, २२, २४ और तीसरी में २५, १८, २३, जिसके मुताबिक जिस ओर से भी गिनती की जाए, जोड़ ६६ आएगा, पर जिस तरह कीरो ने हर हरफ़ के नंबर बता कर किसी भी इंसान के नाम की गिनती कर लेने का हिसाब बताया है, अगर उसी तरह कोई खुद ही तावीज़ बना ले तो ?"

वह हंस पड़े, कहने लगे–""उस तरह भले ही कई तावीज़ बना लिए जाएं, उनका कोई असर नहीं होगा। जो इस इल्म को जानता है, वह पहले अक्षरों और अंकों की शक्ति को जगाता है। उस शक्ति को जगा लेने के बाद ही उसका ज़हूर होता है..."

और तावीज़ों की तफ़सील की बात करते हुए वह कहने लगे–"तीन

लकीरों वाले तावीज़ को मुसल्लस कहा जाता है, चार लकीरों वाले को मुरब्बा। पांच लकीरों वाले को मुखम्मस, और छह लकीरों वाले को मुसद्दस। यह गिनती सोलह तक भी जाती है, पर वे तावीज़ बनाने मुश्किल से मुश्किल होते चले जाते हैं। जो आम इस्तेमाल में लाए जाते हैं, वह सिर्फ़ पहले दो तरह के होते हैं––तीन लकीरों वाले और चार लकीरों वाले ।"

यह किसी भी देवी-देवता की मूर्ति में प्राण-प्रतिष्ठा करने वाला अमल था, जो बिल्कुल वैज्ञानिक कहा जा सकता है।

पूछा–"जिन्नात को वश में करने के अमल में भी क्या उसी तरह खतरा पेश आता है, जिस तरह हनुमान या किसी भी देवता की सिद्धि करने वालों का तजुर्बा है ?"

उन्होंने एक घटना सुनाई–"मेरे एक मुरीद ने यह अमल करना चाहा था। महारत करता रहा, पर अभी मैंने उसे इस क़ाबिल नहीं समझा था कि उससे यह अमल करवाया जाए। उसने जल्दबाज़ी कर मेरा बयाज़ चोरी से पढ़ ली। बयाज़ हम उस नोटबुक को कहते हैं, जिसमें हर नुस्खा उतारा होता है। वह मुझसे चोरी, जैसा नुस्खे में लिखा हुआ था, पढ़कर अमल करने के लिए चल दिया, और थोड़े दिनों बाद ही पागल हो गया...ऐसा अमल हमेशा अपने पीर की निगरानी में करना होता है। जिन्नात बिरादरी में से कोई भी इंसान के वश में नहीं होता चाहता, इसलिए वह कई सूरतें इख्तियार करके उसे डराता है। अमल के दौरान भले ही अपने गिर्द एक लकीर खिंची होती है, जिसके भीतर बैठा इंसान हिफ़ाज़त में होता है, पर अगर वह जिन्नात शक्ति की भयानक सूरतें देखकर खौफ़ज़दा हो जाए, तो फिर अपने होशोहवास हमेशा के लिए गंवा बैठता है..."

लगा–यह सारा अमल वैज्ञानिक है। किसी तत्त्व की असीम शक्ति को बर्दाश्त करना इंसान की सीमित शक्ति के वश से बाहर रहता है, जब तक कि वह अपने में ऐसा सामर्थ्य न पैदा कर ले...

जिन बीमारियों को 'ऊपर की हवा' का नाम दिया जाता है, उनकी तफ़तीश कैसे होती है, जब मैंने यह सवाल हफ़ीजुर्रहमान साहिब से पूछा, तो उन्होंने तफ़सील से बताया–"यह पहचान कई तरीक़ों से होती है। बहुत सारे मरीज़ तो वहम के शिकार होते हैं, जिन्हें 'साइकलॉजीकली बीमार' कहा जा सकता है। हज़ारों में से कोई एक होता है, जिसे सचमुच हवाई बीमारी होती

है। उनकी तफ़तीश हम कलाम पढ़कर करते हैं। कई बार काग़ज़ का एक टुकड़ा उसकी मुट्ठी में देकर कलाम पढ़ते हैं, तो वह काग़ज़ उसकी मुट्ठी में जलने लगता है, या उस–काग़ज़ का नाप पल-भर के लिए अपने सही नाप से छोटा हो जाता है। कई बार गुलाब का फूल उसकी मुट्ठी में देकर जब कलाम पढ़ते हैं, तो उस गुलाब को पानी के कटोरे में रखकर देखते हैं, तब जब वह फूल अपना रंग छोड़ दे, तो पहचान हो जाती है कि उस मरीज़ को हवाई मर्ज़ है। मैं किसी भी मरीज़ को देखने के लिए उसके घर नहीं जाता, पर एक बार एक मरीज़ हिंदूराव हस्पताल में था, और डॉक्टरों ने हर तरह का मुआयना करने के बाद कह दिया कि उसे कोई बीमारी नहीं, पर वह मरीज़ तड़प रहा था। जब मुझे उसके रिश्तेदार किसी तरह मनाकर हस्पताल ले गए, तो मैंने जाते ही परख लिया कि मरीज़ को हवाई मर्ज़ है। कलाम पढ़ा, तो पंद्रह-बीस मिनट बाद मरीज़ को आराम आने लगा। उस वक़्त एक डॉक्टर ने आकर बड़े गुस्ताख लफ़्ज़ों में मेरे इल्म की तौहीन की, तो मैंने डॉक्टर से कहा–'आप मरीज़ की नब्ज़ देखते रहिए।' वह मरीज़ की बांह पकड़कर नब्ज़ देखने लगा, तो मैंने एक कलाम पढ़ा। डॉक्टर ने परेशान होकर मेरी ओर देखा, कहने लगा–'मरीज़ को अचानक १०६० बुखार हो गया लगता है।' मैंने कहा– 'कोई खतरा नहीं। आप नब्ज़ देखते रहिए!' तब मैंने कोई दूसरा कलाम पढ़ा, तो डॉक्टर बोल उठा–'यह क्या मोअजज़ा है, अब बुख़ार बिल्कुल नहीं है। नब्ज़ नॉर्मल हो गई है...!' वही डॉक्टर फिर अपनी बेटी के इलाज के लिए मेरे पास आता रहा..."

इस रूहानी इल्म की बातें कई पहलुओं से इस इल्म पर रोशनी डालती रहीं, तो काफ़ी देर से मन में जो शंका थी, मैंने उसका ज़िक्र करते हुए उनसे पूछा–"पर तंत्र शक्ति की तरह जो लोग आपके इस इल्मे-जफ़र का ग़लत इस्तेमाल करते हैं, उनके बारे में आप क्या कहेंगे ? बहुत से लोग किसी दुश्मन को मरवा डालने तक भी चले जाते हैं, और कहा जाता है कि वह ऐसे जादू-टोने अक्सर मौलवियों से करवाते हैं..."

हफ़ीज़ुर्रहमान साहिब के चेहरे पर एक ग्लानि-सी आ गई, और वह कहने लगे–"यह अमल दो तरह का होता है। एक जलाली और एक जमाली। जलाली अमल नेक रुहों वाले इंसान करते हैं और उस अमल के दौरान हर तरह से परहेज़गार रहते हैं। न किसी जानवर का गोश्त खाते हैं, न किसी जानवर से पैदा हुई कोई चीज़। जिस तरह अंडा किसी जानवर से पैदा हुई चीज़ है, उसी तरह दूध-दही भी किसी जानवर से पैदा हुई चीज़ है। वह इनसे हर तरह से

परहेज़गार रहते हैं। इस जलाली अमल वाले ऐसा कोई तावीज़ नहीं बनाते, जो किसी को नुक़सान दे सकता हो। वह खुदा की खलक़त की खिदमत करने के लिए अपने इल्म को इस्तेमाल करते हैं। इस इल्म की पाक़ीजगी यह है कि गलत इस्तेमाल की ताक़त ही इल्म में नहीं होती । कभी किसी तरह की दौलत के लालच में वह कुछ करना भी चाहें, तो उनसे हो नहीं सकता...

"पर जो जमाली इल्म वाले होते हैं, वह हमेशा गंदी चीज़ों के अमल से यह इल्म हासिल करते हैं। इसलिए उसका इस्तेमाल भी हमेशा ग़लत चीज़ों के लिए होता है। अगर कभी वे चाहें भी कि किसी भी खिदमत के लिए उस इल्म का इस्तेमाल करें, तो नहीं कर सकते। यह उनके इख़्तियार में नहीं होता।

"जलाली इल्म की साधना हमेशा पाक साफ़ जगहों पर होती है, और जमाली इल्म की साधना ग़लीज़ जगहों पर। "

दोपहर ढलने को थी, जब मैं हफ़ीज़ुर्रहमान साहिब के रुखसत के वक़्त उन्हें खुदा हाफ़िज कह रही थी, तो लगा–जैसे मैंने एक चेहरे में कई प्राचीन ऋषियों, सूफ़ियों, मनोवैज्ञानिकों और परावैज्ञानिकों का दीदार पा लिया है, जिनका चिंतन हज़ारों बरसों से रूहनी इल्म का दरवाज़ा खोलने के लिए, अंकों और अक्षरों की दो चाबियों में प्राण-प्रतिष्ठा कर रहा है...

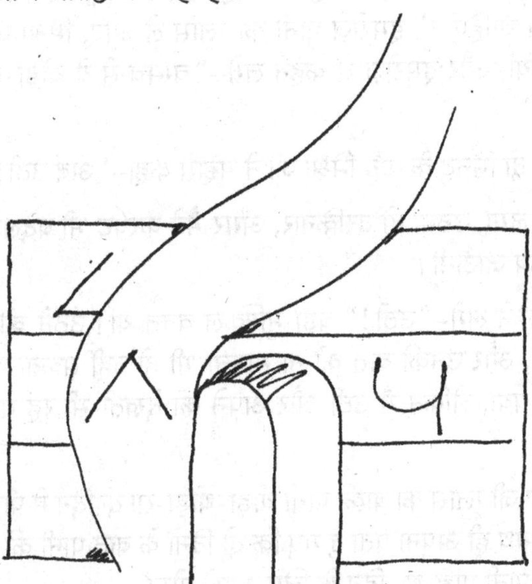

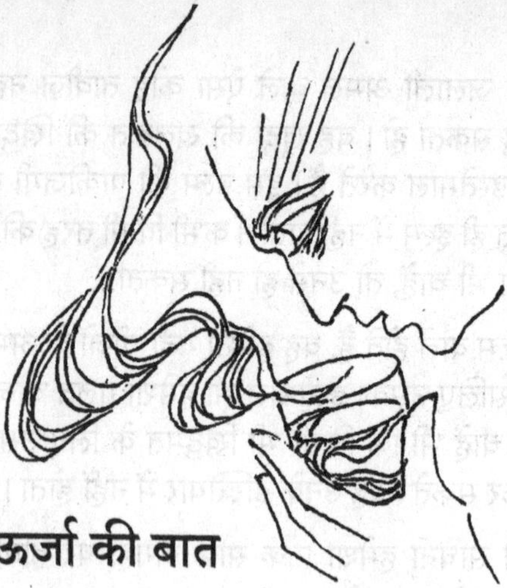

अंतर-ऊर्जा की बात

बहुत बरस पहले की बात है, मैं पीठ के दर्द से परेशान थी, इतनी कि बिस्तर पर करवट भी नहीं बदल सकती थी। उस वक़्त कोई मेहरबान लोकनाथ मिश्रा जी को लेकर आए। बताया गया, वे अभी दो मिनट में ठीक कर देंगे।

अंतर-ऊर्जा से किसी दूसरे को शिफ़ा देने की बात मैंने सुनी हुई थी, लेकिन तब किसी यकीन का धागा मेरे हाथ में नहीं था। वे आए, कहने लगे–"पानी का एक ग्लास चाहिए ।" इमरोज़ पानी का ग्लास ले आए, मिश्रा जी ने पानी को मंत्रित किया, और इमरोज़ से कहने लगे–"चम्मच से ये थोड़ा-सा पानी पिला दीजिए ।"

फिर दो मिनट के बाद मिश्रा जी ने मुझसे कहा–"अब उठो!"

मुझे लगा, उठना तो दरकिनार, अगर मैंने करवट भी बदलने की कोशिश की तो तड़प जाऊंगी।

वे कहने लगे–"उठो!" बड़ा मुश्किल वक़्त था। उठने की बात हो नहीं सकती थी, और उनकी बात को ना मानना भी हो नहीं सकता था। मन-बदन सहम-सा गया, लेकिन मैं उठी और अपने को देखती-सी रह गई–कहीं पीड़ा नहीं थी।

मिश्रा जी ग्लास का बाक़ी पानी थोड़ा-थोड़ा-सा दो दिन में पीने के लिए कह गए और साथ ही अपना पता दे गए कि दो दिनों के बाद पानी की एक बोतल ले आना, वो पानी पांच-छः दिन के लिए काफ़ी होगा...

पता लगा कि वे उड़ीसा के हैं, लेकिन आजकल दिल्ली में हैं, उड़ीसा से नामज़द होकर राज्य-सभा के मेम्बर हैं।

दो दिनों बाद मैं उनके पास गई पानी की बोतल को हाथ में लेकर उन्होंने उसी तरह मंत्रित किया, और वह पानी मुझे दे दिया।

देखा–उनके बरामदे में कई लोग बोतलें लिए बैठे हुए थे और मिश्रा जी के मंत्रित पानी की बातें सुना रहे थे। यहां तक कि फ़ालिज के जिन मरीज़ों को उठाकर वहां लाया गया था, वे कुछ दिनों बाद खुद चलकर आने लगे थे...

मिश्रा जी बहुत भले दिल के मालिक हैं, इसलिए मेरी जिज्ञासा ने एक दिन एकांत में बहुत से प्रश्न किए और वे हंस कर जवाब देते रहे।

पूछा था–"मिश्रा जी, ये देह की मिट्टी से उठती हुई आत्मा की सुगंधि है, या क्या है ?"

वे कहने लगे–"ये कुछ शब्दों की सिद्धि है। ये सिद्धि होली, दीवाली, शिव सक्रांति, सूर्य-ग्रहण और चंद्र-ग्रहण के समय कड़ी साधना नहीं मानती..."

साधना की बात चली, तो वे कहने लगे–"सिद्धि प्राप्ति के लिए आप लोगों पर कुदरत की बड़ी कृपा है। देखो, हिंदुस्तान में इतने करोड़ लोगों में से आप जैसे मुश्किल से पांच-सात लेखक होंगे, साधारण लोगों की साधना को इससे मिला कर न देखिए। वाइब्रेशन्स होती हैं–पोज़िटिव भी, नेगेटिव भी। जिस तरह उत्साह के सूरज पर अचानक कभी उदासी के बादल आ जाते हैं, ज़िंदगी में बुरे वक़्त भी आते हैं, तब नेगेटिव वाइब्रेशन्स होती हैं..."

मैंने हंस कर कहा–"हमारे लिए लफ़्ज़ मंज़िल नहीं होते, वे सिर्फ़ अर्थों तक पहुंचने का माध्यम होते हैं। उनकी गोल या सीधी रेखाओं की गंभीरता का फ़ैसला उनके अर्थ करते हैं..."

वे कहने लगे–"ध्वनि का अर्थ वाइब्रेशन्स है। कई बार राग संगीत में लफ़्ज़ नाम मात्र होते हैं, मुश्किल से एक आध पंक्ति, वे लफ़्ज़ आधार मात्र होते हैं, विस्तार स्वरों का होता है, लय का, भाव का, इसलिए कहा कि ध्वनि वाइब्रेशन्स के अर्थों में होती है। मंत्र वह शक्ति है, जिसकी वाइब्रेशन्स इंद्रियों की पकड़ से बाहर है, पर है। धरती की ग्रेविटी तक हमें इंद्रियों के माध्यम से,

उनका आकर्षण पता चलता है, लेकिन ग्रेविटी की हद से आगे जाना होता है। मैंने नौ साल साधनों की है। ठीक पहले दिन ही साधना के समय एक चमत्कार हुआ, आंखों के सामने एक तेज़ रोशनी फैल गई, दिखाई दिया कि सामने बहुत सी सीढ़ियां हैं, शायद किसी मंदिर की ओर जा रही हैं, पर वहां नौवीं सीढ़ी पर गुरु खड़े हैं, मुझे हाथ के इशारे से बुला रहे हैं...

मैंने मंत्र-मुग्ध-सी ने कहा—""कविता की शुरुआत भी मंत्र थे, शब्द-शक्ति का टोना। जैसे दो पंक्तियों का दोहा छंद धरती और आकाश के दो पाटों का चिह्न था, उसकी तेरह और ग्यारह मात्राएं भी प्रतीकात्मक थीं। तेरह मात्राएं—चार वेदों, छः शास्त्रों और स्मृति पुराण और तंत्र-शास्त्र का जोड़ थीं, और ग्यारह मात्राएं शिव की शक्ति का संयमित रूप, क्योंकि शिव के ग्यारह नाम प्रचलित हैं। इसी तरह चौपाई के चार चरण चारों दिशाओं के सूचक थे। उसकी हर पंक्ति में आठ और सात मात्राओं पर विश्राम होता है, ये आठ की गिनती अष्ट-लोक की बोधक थी, और सात की गिनती सात ग्रहों की। जिससे चौपाई में चारों दिशाओं की, आठ लोकों की, और सात ग्रहों की आत्म-शक्ति समाई हुई समझी जाती थी..."

मिश्रा जी कहने लगे—"मैंने थोड़ा-सा सुना है, पर इसका अनुभव नहीं है। हमारे मंत्र छंद बंदी में नहीं होते, लेकिन उनकी ध्वनि से सब तरंगित हो जाता है। किसी को सांप का काट जाना या पागल कुत्ते का, जिसका ज़हर उसके अंगों में फैल रहा है, अगर वो मंत्र-शक्ति से ठीक हो सकता है, तो ये महज़ साइकिक रियलिटी नहीं है। मैंने सांप या कुत्ते के काटे हुए लोगों को कांसे की थाली से तीन मिनटों में ठीक किया। बदन के जिस हिस्से में ज़हर होता है, वहां कांसे की थाली रख कर मंत्र के असर से थाली को जकड़ दिया जाता है, कील दिया जाता है। कोई तीन मिनट थाली बिना किसी सहारे के वहां जुड़ी रहती है, और फिर सारा ज़हर चूस कर वो अपने आप ही पीछे हो जाती है। जिसके पास ये मंत्र होता है, उसके अपने नज़दीक दो सौ गज के घेरे तक सांप नहीं आ सकता..."

मैंने पूछा—"आपकी इस शक्ति को समझने के लिए आज अमरीका की एक यूनिवर्सिटी ने आपको बुलाया, आप जाना सोच रहे हैं, या नहीं ?"

वे कहने लगे—"शायद नहीं जाऊंगा। इस शक्ति का यथार्थ तपस्या और साधना में है, प्रयोगशाला में नहीं।"

मैंने आदर से कहा–"यूं तो साधना भी प्रयोगशाला होती है, पर साधारण अर्थों में नहीं। मेरे मन में शंका नहीं है, जिज्ञासा है।"

वे हंस दिए, कहने लगे–"आपकी जिज्ञासा को मेरा आशीर्वाद।"

बहुत बरसों बाद सुना–अब लोकनाथ जी आसाम के गवर्नर हैं। वे एक बार दिल्ली आए, तो किसी ने उनसे मेरा ज़िक्र किया कि मेरी तबीयत ठीक नहीं है, और मैं हैरान हुई–मिश्रा जी अचानक मेरे घर आ गए। देखा–गवर्नर होकर भी उनमें वही सादगी है और वही मेहरबान सलीका।

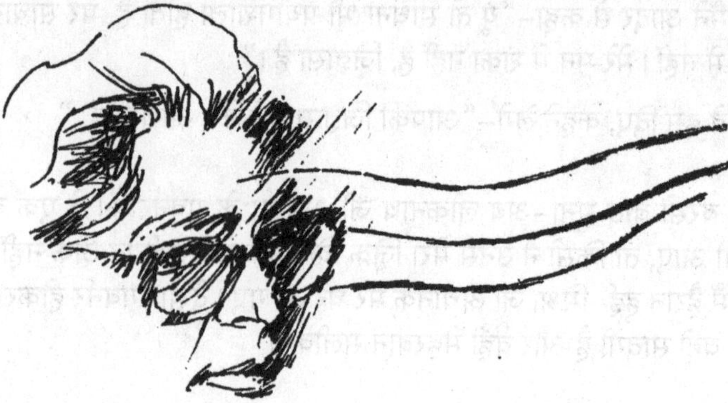

अंतर-ऊर्जा का संप्रेषण

एक बार एक प्यारा-सा तज़ुर्बा मुझे और हुआ, किसी अखबार में बम्बई के एक डॉक्टर रमाकांत कैनी के बारे में पढ़ा कि वे अपनी अंतर-ऊर्जा से लोगों को शिफ़ा देते हैं। अखबार में उनका पता भी था, इसलिए खत लिख दिया। डॉक्टर कैनी ने बहुत प्यार से मेरे खत का जवाब दिया और कहा कि वे मुझे ऊर्जा भेजते रहेंगे। मेरे बम्बई आने की ज़रूरत नहीं है, न उनके दिल्ली आने की।

फिर थोड़े से दिन हुए थे २५ मई, १९८५ की रात थी, मैं सोई हुई थी कि लगा–एक हाथ हवा में से गुज़रता हुआ मेरी ओर आया है, और उसने पास आकर मेरे दाएं घुटने पर जोर से चोट की है...

मेरी चीख-सी निकल गई थी–मैं कह रही थी–"'कौन है ?" कि अपनी आवाज़ से ही जाग गई। कमरे में कोई नहीं था...

दूसरे दिन मैंने हैरान-सी ने डॉक्टर कैनी को खत लिखा, जिसके जवाब में उन्होंने लिखा कि ऐसा होना ही था। घुटने में जो नाड़ियां जम गई हैं, उन्हें किसी शक्ति से खोलना था...

यही वाक़या था, जिसके बाद मेरे घुटने की पीड़ा कम होती गई, सूजन अपने आप उतरती गई।

१९९२ में मैं बम्बई गई थी, फरवरी की चौबीस तारीख़ को। वहां मेरी चुनी

हुई रचनाओं का एक संग्रह गुजराती में छपा था और सुरेश दलाल जी ने एक बहुत बड़े समारोह की तैयारी कर ली थी। अजीब इत्तफ़ाक़ हुआ कि समारोह की सुबह मुझे बुखार हो गया। मुझे शाम को तक़रीर देनी थी, पर तबीयत इतनी नासाज़ थी कि पता नहीं चल रहा था कि अब क्या करूं। उसी शाम समारोह से पहले चाय का बंदोबस्त था, वहां मराठी, गुजराती के कुछ लेखक बुलाए गए थे। वहीं डॉक्टर क़ैनी आए और जब मेरा बुखार देखा, वो एक अलग कमरे में ले जाकर मेरी पीठ की पूरी हड्डी को अपने हाथ से सहलाया। मुश्किल से चार या पांच मिनट, और मैं पंलट कर जब चाय वाले कमरे में आई–बुखार नहीं था...

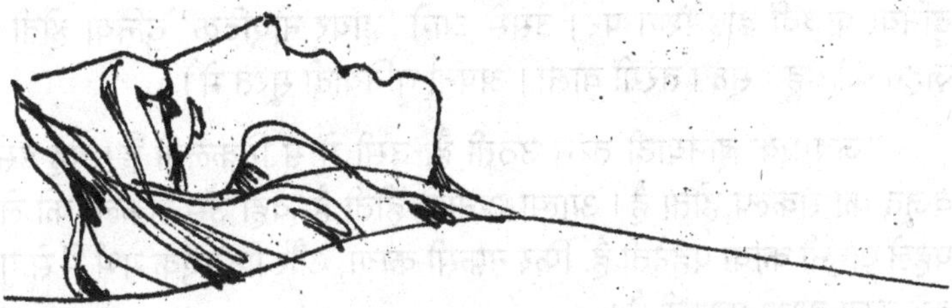

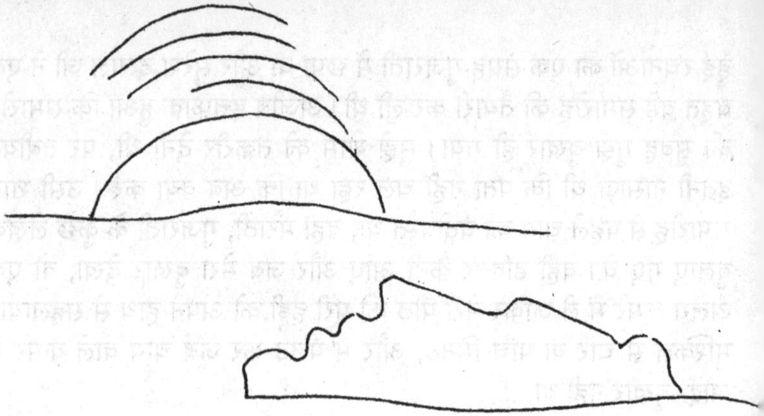

हक़ीक़त से आगे हक़ीक़त

"मेरी खोज हक़ीक़त से आगे उस हक़ीक़त के लिए है, जो हमारी इंद्रियों के सामर्थ्य से आगे है"–यह लफ़्ज़ यूनान के दास्तकालोज़ के हैं।

'दास्तकालोज़' लफ़्ज़ मास्टर के अर्थों में लिया जाता है। साइप्रस के रहने वाले कयरीआकोस सी. मारकाइडस, मेन यूनिवर्सिटी, अमरीका में समाज-विज्ञान के प्रोफ़ेसर हैं, जिन्होंने दासत्तकालोज़ की ओर से दी जाती रूहानी शिफ़ा की बातें काग़ज़ों पर उतारी हैं।

आकाश-तत्त्व की शक्ति को यह प्राण-शक्ति मानते हैं, और उसी शक्ति से वे मरीज़ों को रूहानी शफ़ा देते हैं। उनके लफ़्ज़ों में–"हमारी साइंस सिर्फ़ स्थूल काया के काम करती है, पर वह हमारी मानसिक वाइब्रेशन्स की सबसे निचली सतह होती है..."

"नफ़सी दुनिया चौथा कोण होती है, चौथी डाइमेंशन पर, और ज़हनी दुनिया पांचवीं डाइमेंशन पर। उससे आगे 'हायर नोएटिक' दुनिया होती है–ज़हन की बहुत सूक्ष्म तरंगों वाली। अपनी बुनियादी सूरत में।

"जब एक बुनियादी तरंग उठती है, उसी में से निकलती है। यह इंसानी वजूद का संकल्प होता है। आत्मा अनादि होती है, वही उस संकल्प को लेकर पहले ज़हनी काया पहनती है, फिर नफ़सी काया, और फिर एक गर्भ में से गुज़र कर स्थूल काया पहनती है।

"हर इंसान की तीन काया होती हैं। तीनों स्थूल होती हैं, पर वाइब्रेशन्स

की अलग-अलग सतह पर।

"हमारे साइंसदानों का दुखांत यह है, मनोवैज्ञानिकों सहित, कि वे सिर्फ़ एक स्थूल काया को पहचानते हैं। इसीलिए सारे वैज्ञानिक नियम, इंसानी फ़ितरत के बारे में, और 'स्व.' के बारे में, बड़े सीमित हैं, वजूद की दिखाई देती सतह पर।

"मेरा राबता उनके साथ भी हैं, जो इंद्रियों के सामर्थ्य से आगे हैं–ये एक वसी हक़ीक़त हैं। वहां अदृश्य मास्टर हैं, बड़े सहायक, वही मेरी सहायता करते हैं..."

इन लफ़्ज़ों को काग़ज़ों पर उतारने वाले ने, उन कई मरीज़ों की हालते अपनी आंखों से देखी है, जिनमें कुछ ऐसे भी थे, जिनकी रीढ़ की हड्डी टूट गई थी। एक्सरे सामने थे, पर दास्तकालोज़ ने, प्रार्थना द्वारा और अपने हाथ के स्पर्श से उन्हें ठीक कर दिया। एक्सरे फिर लिए गए, और डॉक्टर हैरान थे कि यह चमत्कार कैसे हो गया! दास्तकालोज़ के शब्दों में––"कोई चमत्कार नहीं, आकाश-तत्त्व की शक्ति मैंने मुट्ठी में लेकर उनकी हड्डी पर मल दी थी।"

दास्तकालोज़ का कहना है कि जब कोई मर जाता है, वह पूरी चेतना से दूसरी डाइमेंशन्स पर जी रहा होता है। नफ़सी-ज़हनी काया में। वे अहसास के, ख़्वाहिशों के, ख़्यालों के बदन होते हैं। चेतना फिर नई काया पहनती है–ज़हनी, नफ़सी और फ़ितरी काया। उस समय सब जन्मों के तजुर्बे नए जन्म की काया में उतर जाते हैं।

आसमानी-तत्त्व

"**मा**दा शक्ति आसमान की शक्ति के ज़ेरे असर होती है," इसके ब्यौरे में उतरते हुए दास्तकालोज़ कहते हैं–"मैं यह इल्म देता हूं पर सिर्फ़ यह नहीं कि नफ़सी ज़हनी शक्ति को कैसे विकसित करना है, यह भी कि खुद को कैसे समझना है, और अपने अचेत मन को मारू ख्यालों से कैसे बचाना है। अहंकार मुक्त होना है...

"देखना यह है कि सहज शांत अवस्था में ईथरिक शक्ति कैसे काम करती है, और दुख क्रोध के समय कैसे रासायनिक सूरत बदल जाती है

"आंसू सफ़ेद खून होते हैं, दुख के समय, पर जब मसनूई आंसू हों, प्याज़ छीलते वक़्त, उनकी रासायनिक सूरत ज़हरीली नहीं होती। दुख संताप के समय आंसू ज़हरीले हो जाते हैं...

"खून की परख कर लो, सांधारण चोट से लगे हुए ख़ून की रासायनिक सूरत अलग होती है, पर गुस्से में उबलते ख़ून की रासायनिक सूरत अलग।

" अभी हाल ही में एक लड़के ने, गुस्से से भरे हुए ने, एक दूसरे लड़के को काट लिया। उस दूसरे लड़के को सैपटिक हो गया। उसके खून में ज़हर फैल गया। ऐसे समय में मुंह का थूक भी ज़हरीला हो जाता है, जब कि साधारण हालत में उसका थूक ज़हरीला नहीं होता।

" जिसे हम पवित्र-पानी कहते हैं, उसका असर सचमुच अलग होता है, साधारण पानी से, हमारे ख़्यालों से जो शक्ति कण निकलते हैं, वह पानी उनसे मंत्रित हुआ होता है।

"हर ख़्याल और हर ख़्वाहिश की नफ़सी-ज़हनी शक्ति होती है, जिसके कण वातावरण में फैलते हैं। वे कण आकार भी लेते हैं। वही कण अगर शुभ हों, तो वातावरण शुभ हो जाता है...

" हम जिस तरह के कण हवाओं को देते हैं, वही पलट कर हमारे पास आते हैं–इस–जन्म में भी आ सकते हैं, किसी अगले जन्म में भी–यही कर्मों का सिद्धांत है... "

रूहानी सर्जरी

"यह मिक़्नातीसी बिजलई शक्ति होती है, जो अणु-परमाणु जोड़ कर आकारमय होती है। अगर हम बिजलई शक्ति के प्रवाह को बदल दें, तो आकारमय भुलावे बदल जाते हैं।" यह लफ़्ज़ अमरीका की मशहूर फ़िल्मी अदाकार शर्ले मैक्लिन के हैं, जो रूहानी पहलू से कई तजुर्बों में से गुज़र चुकी हैं।

रूहानी इलाज के जर्राही पहलू का शर्ले मैकलिन को एक निजी तजुर्बा है, जो उसने अपनी पुस्तक 'गोइंग विद इन' में दर्ज किया है–

"बरसों से जिस रूहानी सर्जरी के बारे में सुन रही थी, आख़िर मैंने उसमें से गुज़र कर देख लिया है। यह ऐसा तजुर्बा है, जिसने शरीरी और अशरीरी दुनिया के संबंध को समझने में मेरी बड़ी मदद की है।

"मैंने ऐसे जर्राही पहलू के बारे में कई वीडियो फिल्में देखी हुईं थीं, पर वे विश्वास की ज़मीन नहीं बनती थीं। एक बार किसी दोस्त ने बताया कि फ़िलपाइन का अलैक्स ओरबितो अमरीका आया हुआ है...यह ओरबितो फिलपाइन के एक प्रांत में २५ नवंबर, १९४० में पैदा हुआ था। मां-बाप किसी के खेतों में काम करते थे, बहुत ग़रीब थे। वह चौदह बरस का था, जब उसे सपनों में एक अजनबी बुज़ुर्ग आदमी दिखाई देने लगा। उसका कहना था कि उसके हाथों में वह एक शक्ति देगा, और वह बीमार लोगों का रूहानी ज़र्राह बनेगा...और एक बार उसने कोई मंत्र पढ़ कर ओरबितो के हाथों में शक्ति सौंप दी...

ओरबितो ने उस सपने को भुला देना चाहा, पर एक सुबह एक परिचित की मां ने उसे बुला भेजा, जिसे फ़ालिज हो गया था। बताया गया कि बीती रात को उस औरत ने एक सपना देखा था कि वह ओरबितो के हाथों से ठीक हो गई है। ऐसा सपना ओरबितो को भी आया था। इसलिए वह गया, और दोनों ने एक-दूसरे को पहचान लिया। दोनों ने एक-दूसरे को पिछली रात सपने में देखा था...

ओरबितो ने नारियल का तेल लेकर उस औरत की टांगों पर मालिश की। बिल्कुल ऐसा करते हुए उसने सपने में खुद को देखा था। साथ ही छोटी-सी प्रार्थना की, और औरत को उठने के लिए कहा।

"वह औरत पिछले दस बरसों से बिस्तर पर थी। उसका आधा बदन काम नहीं करता था पर उसी क्षण वह उठ दी और देखा, सारा बदन निरोग हो गया था...

"यह बात ओरबितो के लिए भी एक अचम्भा थी। उसे पता नहीं था कि उसके हाथों में क्या था, और कहां से आया था। यह खबर फैल गई, तो इतने लोग उसके पास आने लगे कि वह घबरा गया। वह ऐसा वैद्य जर्राह नहीं बनना चाहता था...

"उसे कहीं काम मिल गया, और वह इस कसब को भूल गया, पर बहुत

दिन नहीं बीते थे कि वह बीमार रहने लगा। इस बीमारी से ऊब कर उसने फिर उसी तरह करना शुरू किया। जिसकी उसे ताकीद की गई थी, और उसने सोच लिया कि अपनी ज़िंदगी वह लोगों की ख़िदमत में लगा देगा...

"यह ओरबितो था, जिसके आने की खबर सुनकर मैं अपनी दोस्त को लेकर उस शहर में गई, जहां बह था और एक होटल में रहकर उसे बुलवा भेजा...

"एक बिल्कुल पतला-सा व्यक्ति, सफ़ेद कमीज़ और साटन की जैकिट पहने आया, उसके साथ उसकी बीवी भी थी, और बीवी की एक सहेली भी। खैर, उसके चेहरे की मुस्कराहट इतनी भली थी कि मुझे घबराहट नहीं हुई, और यह भी महसूस हुआ कि जैसे मैं उसे मुद्दत से जानती होऊं...

"यह पहचान-सी और बात थी, पर सर्जरी और बात। बैठक से उठ कर हम सभी शयन-कक्ष में आए, तो अलैक्स ने पलंग की ओर देखा। उसकी बीवी ने और उसकी सहेली ने लिफाफ़े में से प्लास्टिक का एक बर्तन निकाला, साथ ही कुछ रूई और स्पिरिट भी। उस समय मेरा जिस्म सिकुड़-सा गया।

"उसने पलंग के पास पड़ी कुर्सी पर बैठते हुए कहा– 'यह शफ़ा मैं नहीं देता, ख़ुदा देता है। मैं सिर्फ़ उसका एक ज़रिया हूं। मैं सारे योग-चक्र तवाज़ुन में कर दूंगा, जिसके बाद कोई भी स्वयं अपने आप को ठीक कर सकता है..."

"मैं सोच रही थी, मैं किसी तरह भी बीमार नहीं, फिर मैंने खुद को इस हालत में क्यूं डाला है ? मैंने इसे क्यूं बुलाया है ? पर अपने भीतर से ही अहसास हुआ–इसलिए कि तू रूहानी वाइब्रेशन्स का तजुर्बा कर सके...

"मैं अभी भी मन में कहीं उस तजुर्बे के लिए तैयार नहीं थी, इसलिए अपनी सहेली की ओर इशारा किया, और वह पलंग पर लेट गई। अलैक्स ने कहा– 'जिस्म का ब्लाउज़ उतार दीजिए, मुझे दिल वाली जगह देखना है।'

"अलैक्स के हाथ ऊपर उठे, जैसे वह किसी से कोई आदेश ले रहा हो, और फिर आहिस्ता से नीचे हुए, मेरी सहेली के जिस्म की ओर, और दिल वाली जगह के मांस को जैसे गूंधने लगे, और देखा, मांस अलग हो गया था, और अलैक्स के हाथ मांस के अंदर चले गए थे...

" मुझे यकीन नहीं आ रहा था, जो देख रही थी, हाथों की आवाज़ भी

आ रही थी, जैसे वे मांस के नीचे कुछ टटोल रहे हों...

"मैंने अपनी दोस्त की ओर देखा, जैसे पूछ रही होऊं कि दर्द हो रहा है ? उसने कहा– 'नहीं, दर्द नहीं, बड़ा आरामदेह सुकून मिल रहा है..." और फिर उसके हाथों ने जमा हुआ एक टुकड़ा-सा निकाल कर प्लास्टिक के बर्तन में डाल दिया। कुछ लहू निकलता ज़रूर देखा, जो अलैक्स की बीवी ने-रूई से पोंछ दिया, और उस जगह पर स्पिरिट लगा दी, और देखा, मांस पर कहीं कोई निशान नहीं था। वह अपने आप सिल गया था। वह निशान कहीं न था, जिसमें से उसके हाथ भीतर गए थे...

"इसी तरह उसने मेरी दोस्त की किडनी में से जमे हुए खून का टुकड़ा-सा निकाला, और फिर मेरी दोस्त हंसती-हंसती पलंग पर उठ बैठी। इसके बाद अब मेरी बारी थी, मैंने पलंग पर लेट कर आंखें बंद कर लीं, और अपने आप से हिम्मत मांगने लगी...

" 'पैंकरीज़', उसने कहा, और मुझे अहंसास हुआ कि उसके दोनों हाथ मेरे जिगर वाली जगह पर, मेरे भीतर उतर गए हैं।

" 'नैगेटिक एनर्जी कलाट', उसने कहा, और कुछ मेरे भीतर से निकाल दिया।

"मैं सोच रही थी–क्या यह जो बदन नज़र आता है, सिर्फ एक सपना है ?

"अलैक्स ने पैंकरीज़ वाली जगह से अपने हाथ निकाल लिए, और कहा- 'अब किडनी।' मैंने अपने नीचे के कपड़े को ज़रा नीचे सरकाया, और अलैक्स के हाथ आहिस्ता से मांस को गूंधते से, मांस के भीतर चले गए...लगभग तीन सैकिंड लगे होंगे कि उसने कुछ हाथ से निकाला, और कहा– 'नैगेटिव स्ट्रैस क्लाट...'

"उसकी बीवी ने उसी तरह रूई से खून पोंछा, और देखा, मेरे मांस में कहीं कोई चीरा नहीं था। मैं इतनी हैरान थी कि बोला नहीं गया...

"वह सारा दिन मैंने अकेले बिताया। जो देखा था, वह सहा नहीं जा रहा था। मेरा सारा हुनर इस जिस्म के सहारे पर है। बरसों से इसी जिस्म से नाच करती आई हूं, और जिस्म की हक़ीक़त क्या है कि किसी ने दोनों हाथ इसमें

से निकाल लिए, और कहीं कोई पीड़ा नहीं, कोई निशान नहीं...और जिस चीज़ को उसने 'नेगेटिव थॉट फ़ॉरम' कहा था, उसका एक टुकड़ा-सा निकाल कर प्लास्टिक के बर्तन में डाल कर फेंक दिया...

"उस रात बड़े गहरे सपने आते रहे...यह भी कि जिस्म सिर्फ़ ख़्यालों का एक घना-सा रूप होता है, और अगली सुबह जब मैं जागी, सारा जिस्म फूल की तरह हलका था, और अज़ीब शक्ति से भरा हुआ...जैसे मैं उस भार से सुर्ख़रू हो गई थी, जो मुझे उठा कर चलना नहीं चाहिए था...

"अगली सुबह उसने उसी तरह की सर्ज़री मेरे दिल पर, आंखों पर, गले पर की, और पीठ की रीढ़ की हड्डी वाली जगह पर भी। मेरी पीठ में पहले कुछ दर्द होता था, वह हट गया। उसने कहा–'यह नेगेटिव वाइब्रेशन्स थीं, मैंने निकाल दी हैं।'

"यह पांच ऑपरेशन थे, जो तीन मिनटों में हुए।"

दास्तकालोज़ ने बड़े सूक्ष्म ब्यौरे में उतरते हुए इंसान की नफसी-ज़हनी चेतना के कई रहस्य बताए हैं, जो फ़ितरी काया जैसी सूरत में चौथी और पांचवीं डायमेंशन्स में होते हैं। इसे वे 'साइकोनोएटिक' दुनिया कहते हैं। दास्तकालोज़ जैसे पहुंचे हुए दरवेश अपनी स्थूल काया को इसी सतह पर छोड़ कर अपनी सूक्ष्म काया से चौथी डायमेंशन पर भी जा सकते हैं, और पांचवीं डायमेंशन पर भी। यह साइकोनोएटिक दुनिया बहुत निम्न स्तर की भी होती है, और बड़े उच्च स्तर की भी, इंसानों की अपनी सोच के मुताबिक़, और कई जन्मों से इकट्ठे किए गए शक्ति-कणों के मुताबिक़।

रजनीश भी इस ब्यौरे में उतरते हैं कि यह तीन डायमेंशन्स वाली दुनिया इंसान की कर्मभूमि है, जहां इंसान को अपनी साधना से विकसित होना है, पर कुछ आत्माओं को छोड़ कर बाक़ी सब मूर्च्छित अवस्था में पैदा होते हैं, और मूर्च्छित अवस्था में ही इस दुनिया से चले जाते हैं। वह दूसरी दुनिया में भी मूर्च्छित से विचरते हैं। होशमंदी में जन्म लेने वाले, और होशमंदी में यह स्थूल काया छोड़ने वाले कोई थोड़े से ही होते हैं।

तिब्बत के लामा लोग सदियों से इस रहस्य को जानते हैं। किसी को भी बेहोशी की हालत में मरने नहीं देते। उसकी होशमंदी बनाए रखने के लिए वे अगली डायमेंशन्स के कई ब्यौरे उसकी सोच में डाल देते हैं। उनका यक़ीन

है कि होशमंदी में यह काया त्यागी जाए, तो अगला जन्म भी होशमंदी में होता है। रजनीश जी ने बड़े ब्यौरे से यह चिंतन दिया है कि सिर्फ़ जागृत आत्माओं को यह हक़ हासिल है कि वे नए जन्म के लिए अपनी मर्ज़ी की कोख चुन सकती हैं, मूर्च्छित आत्माएं, जो भी कोख सामने आए, जन्म ले लेती हैं।

लामा लोग अपनी इस जन्म की काया छोड़ते समय, ये संकेत भी देते हैं कि उनका अगला जन्म किस दिशा में बने घर में होगा, और संकेत से नए जन्म में आए उस पहले लामा को पहचान लिया जाता है।

बिजलई कणों से बने इस ब्रह्मांड के कई रहस्य दास्तकालोज़ ने कई मिसालें देकर बताए हैं कि जिन चिंताओं में इंसान इस तीन डायमेंशन की सतह पर जीता है, वे सारी हंसरतें अगली ड़ायमेंशन्स में भी उसके साथ जाती हैं।

उन्होंने सूक्ष्म काया में जाकर दोजख भी देखे हैं, बहिश्त भीं। ये दोज़ख और बहिश्त कहीं बने हुए नहीं हैं, किसी जुगराफ़िए की पकड़ में नहीं आते, पर दोज़खी सोचों वाले, अपनी तरंगों से, अपना दोज़ख खुद बना लेते हैं।

दस्तकालोज़ ने एक वाक़या सुनाया–कि धरती की सतह पर लिए जन्म के समय एक आदमी दौलत इकट्ठी करने की हवस में इस क़दर गलतान था कि ज़िंदगी को और किसी भी सूरत में देखने का उसे होश नहीं था। उन्होंने उस व्यक्ति को अगली सतह पर हमेशा पौंड गिनते हुए देखा। वह सारा समय उन्हें गिनने में बिता देता। किसी गिनती तक पहुंच कर, वह गिनती भूल जाता, और फिर शुरू से गिनने लगता। इसी तरह उन्होंने ईरान-इराक़ की लड़ाई में मरे हुए लोगों को देखा, जो दुश्मनी की सोच को अपने साथ ले गए थे। वे अभी तक उस साइकोनोएटिक सतह पर लड़ रहे हैं। अपनी ओर से तब वे किसी को मार देते हैं, तो वह मरा हुआ ज़िस्म फिर उसी तरह दिखने लगता है। वह नफ़सी और ज़हनी बदन होता है, जिसे न मिटाया जा सकता है, न कोई ज़ख़्म लगाया जा सकता है। न किसी बदन को पीड़ा होती है, न खून बहता है। ..पर वह जो दुश्मनी का अहसास उस सतह पर भी साथ गया है, वे सब उसी अहसास को घटता देख रहे हैं, और दास्तकालोज़ इस ब्यौरे में भी जाते हैं कि यह सब मूर्च्छित आत्माएं हैं, जिनका किसी सतह पर विकास नहीं हो सकता। विकास सिर्फ़ उनका होता है, जो धरती को इस सतह से विकास की एक तीखी जिज्ञासा लेकर जाते हैं।

जो हक़ीक़त, चेतन-मन की पकड़ में नहीं होती, कई बार अचेतन-मन उन्हें कह-बोल जाता है। यहां मुझे कृश्न चंदर की एक बड़ी प्यारी कहानी याद आ रही है, 'ताई ईशरी'। वह एक खाते-पीते घर में ब्याही गई थी, पर जिससे विवाह हुआ, उस मर्द का ध्यान उसके लिए नहीं था। नज़रों से खाली और मन से भरी हुई ईशरी ने न पति भोग कर देखा, न पुत्र खिला कर, पर रूह खिली हुई थी, महक घर-घर में पहुंच गई। अड़ोस-पड़ोस के बच्चे उसके गिर्द झुरमुट डाल लेते, और वह हर बच्चे की हथेली पर एक-एक चवन्नी रख देती। उम्र से बुज़ुर्ग होती गई, तो जवान ज़हान लोग भी उसे ताई कह कर नमस्कार करने लगे। वह सभी को चवन्नी देती, और साथ में दुआएं भी।

ताई ईशरी का जब पति गुज़र गया, तो उसके मन में आया, बाज़ार की जिस औरत के घर उसके पति ने उम्र गुज़ारी, उसे भी देख आऊं, और वह भले घर की ईशरी, जब वेश्या-बाज़ार में गई, देखने वाले हैरान से रह गए, पर ईशरी ने पूछ-पूछ कर उसका कोठा ढूंढ़ लिया, वह औरत जो उस दहलीज़ से नहीं गुज़री थी, जहां घर की औरत के लिए तेल का शगुन किया जाता है, और ताई ईशरी चाहे उस दहलीज़ से गुज़री थी, जहां उसकी आमद में तेल का शगुन किया गया था, पर वह दहलीज़ के भीतर रहकर भी ख़ाली-ख़ाली जीती रहती थी, और वह कोठे वाली दहलीज़ के बाहर रह कर भी भरी-भरी हुई जीती रही थी। हैरानी से भरी हुई ताई ईशरी ने उस कोठे वाली के सिर पर प्यार दिया, और फिर एक चवन्नी उसकी हथेली पर रख दी, और यह कहानी कहते हुए कृश्न चंदर आसमान की ओर देखते हैं और एक यक़ीन से कहते हैं–'अब ताई ईशरी अगली दुनिया में जाकर ज़रूर देवताओं की हथेलियों पर चवन्नियां रख रही होगी...'

यह सोचना एक कहानीकार की कल्पना है, पर इसे चेतन-मन की कल्पना कहा जा सकता है, अचेतन-मन की नहीं। अचेतन-मन जानता है कि यह एक सच है, एक हक़ीक़त। साइकोनोएटिक सतह पर जाते वक़्त इंसान अपना नज़रिया अपने साथ ले जाता है। बदलाख़ोरी के नज़रिए से लेकर मन की सुगंधि बांटने वाले नज़रिए तक, और यही नज़रिए दोज़ख़ और बहिश्त तामीर करते हैं।

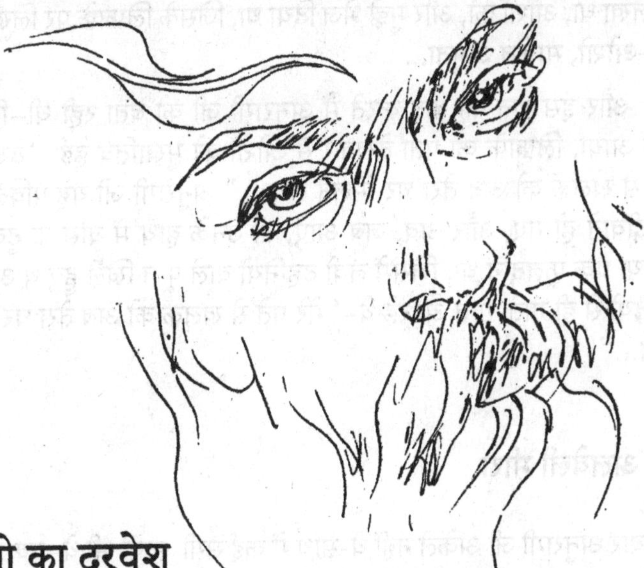

ओशो का दरवेश

भोपाल के अनुरागी जी को देख कर लगता है, जैसे प्राचीन सूफ़ी दरवेशों या जैन फ़क़ीरों की कहानियों का कोई पन्ना किताबों से निकल कर इंसानी सूरत में आ गया हो...

अनुरागी जी ओशो के बचपन के मित्र हैं, कॉलेज के सहपाठी भी रहे, इसलिए बेतकल्लुफ़ी आज भी ओशो की बात करते हुए उनकी आवाज़ में है...

एक समय आया था, दोनों के बीच बरसों की खमोशी का, पर कॉलेज में पढ़ाते-पढ़ाते अनुरागी जी एक बार ओशो के पास पूना गए, वही बेतकल्लुफ़ी लौट आई और साथ ही ओशो का वह जलाल देखा, जो उनके अक्षरों में उतर रहा था, तो अब उनके पास रहना स्वर्ग जान पड़ा। कॉलेज की नौकरी से त्याग-पत्र लिख दिया–'मैं **स्वर्गवासी** हो गया हूं, अब स्वर्ग से बाहर नहीं आ सकता...'

यह अनुरागी जी मुझे कुछ बार मिले हैं, इसलिए कह सकती हूं कि किसी प्राचीन दरवेशी गाथा का कोई पन्ना मैंने इंसानी सूरत में देखा है...

पिछली बार आए, तो मैंने उन्हें एक ख़त की बात सुनाई, जो किसी पाठक

ने लिखा था, ओशो को, और मुझे भेज दिया था, जिसके लिफ़ाफ़े पर लिखा हुआ था–**ओशो, मार्फ़त अमृता...**

और इस ख़त की बात करते मैं अनुरागी जी को बता रही थी–कि जब खत आया, लिफ़ाफ़े का पता देखकर मैं ओशो को मुखातिब हुई–"देखो, मेरे पते से खलक़ को अब तेरा घर मिलने लगा..." अनुरागी जी यह पंक्ति सुनते ही दीवाने हो गए, और अब, जब आए, तो उनके हाथ में बांस के टुकड़ों से बनाया एक फूलदान था, जिसमें लंबी टहनियों वाले फूल खिले हुए थे और वह सीढ़ियों से ही गाते-गाते आ रहे थे–"मेरे पते से खलक़ को अब तेरा घर मिलने लगा..."

वह अलबेली मीरा

इस बार अनुरागी जी अकेले नहीं थे-साथ में कई संगी-साथी भी थे–एक डॉक्टर अर्चना भी थी...जो दो-चार मिनटों की पहचान के बाद मुझे कहने लगी–"आपको घुटने में, कंधे में, कुछ तकलीफ़ है न! मैं कुछ देर आपके घुटनों पर हाथ रख कर बैठ जाऊं ?"

पता लगा–डॉ. अर्चना, एम. बी. बी. एस. डॉक्टर हैं, जबलपुर के अस्तपाल में, और अब लगभग दो बरस से आश्रम में ध्यान-साधना करते हुए, उसे रूहानी शिफ़ा देने की खुदादाद शक्ति मिल गई है...

मां अर्चना हंस दी, कहने लगी–"मुझे **ओशो-दाद शक्ति** मिली है..."

मुझे अहसास-सा हो रहा था कि अर्चना जी के हाथों से कोई तरंगें निकल कर मेरे अंगों में आ रही हैं, और फिर बड़ी तेज़ी से कोई आवाज़ अर्चना जी के होठों से आने लगी–"ला इलाहा...ला इलाहा, ला इलाहा..." जो फिर एक ध्वनि में बदल गई–हमिंग में, यह हू लफ़्ज़ की हमिंग थी...

यह साऊंड-थैरेपी मेरे कंधों पर, गर्दन पर, पीठ पर होती रही, और मेरे पूछने पर बीच-बीच में अर्चना जी कहती रहीं–"मैं महाराष्ट्र के अकोला जिले में पैदा हुई थी, मैट्रिक की थी कि वहां अकोला में आए ओशो को पहली बार देखा-सुना, १९६९ में, और फिर उन्हें पढ़ती रही। कॉलेज में थी, और लगा-उनकी आवाज़ उनका अक्षर-अक्षर मेरे साथ रहने लगा है...

"१९७८ में मैं पूना गई थी, अपनी मासी के पास, और जब ओशो के आश्रम में गई, मेरे भीतर संन्यास का बीज पड़ गया, जो १९८० में खिल गया, और मैंने ओशो से दीक्षा ले ली..." मैंने पूछा–"दीक्षा के समय जब उन्होंने अपना अंगूठा, आपके मस्तक पर रखा होगा, उस समय..."

मेरे अधूरे से वाक्य को सुनते ही अर्चना में एक दीवानगी आ गई–कुछ पता नहीं, कुछ होश नहीं, मैं तो एक आनंद में बावरी हो गई। उस समय एक तस्वीर ली गई थी, जो कभी दिखाऊंगी, तस्वीर ने वह पल, वह क्षण पकड़ लिया है–रोशनी का एक अंगूठे जितना डायमंड मेरे मस्तक पर, तस्वीर ने संभाल कर रख लिया हुआ है...

"स्वामी आनंद विजय जी ने जबलपुर में बहुत बड़ी ज़मीन लेकर आश्रम बनाया–मखमली चट्टानों की छाती में, तो मैं नज़दीक के अस्पताल में नौकरी ढूंढ़ कर आश्रम में रहने लगी..."

करामाती ध्यान

डॉ. अर्चना अग्रवाल, दीक्षा लेकर मां अर्चना हुई–और ध्यान में बैठेः हुए–स्वयं कई आसन लगने लगे, जो किसी से सीखे नहीं थे, स्वयं हाथों की वे मुद्राएं बनने लगीं, जो किसी से सीखी नहीं थीं–और एक दैवी नृत्य अर्चना के अंग-अंग में उतर आया...

अर्चना जी की ज़ुबानी–" यह सब ओशो करवाते हैं–ध्यान में बैठी उठ कर नृत्य करने लग जाती हूं, और जब अस्पताल जाती हूं, लगता है–हवा में नृत्य करती-करती हर मरीज़ के बेड के पास जाती हूं। शब्द हीन शब्द की ध्वनि स्वयं मुंह से निकलने लगती है...कई मरीज़ जो मौत के क़रीब पहुंच गए होते हैं, अस्पताल उन्हें लाइलाज कह देता है, उस समय ओशो मेरे भीतर से संकेत देते हैं कि यह ठीक हो सकता है, इसलिए उस मरीज़ को आश्रम में ले आती हूं और वह पांच-सात दिनों में उठ कर चलने लगता है...

"एक बात बताऊं, जिसे लोग एनो प्रेशर कहते हैं–मैं उसे **'ओशो प्रेशर'** कहती हूं। कई बार मरीज़ की छाती पर पैर भी रखती हूं, और कई बार मेरी जीभ बाहर निकल आती है, स्वयं। इससे मुझे काली का रहस्य पता लगा है। काली का किसी के बदन पर रखा पैर, और उसके मुंह से निकली हुई जीभ–वह

अंतर-ऊर्जा का संकेत है...

"अजंता-एलोरा की मूर्तियों की हर मुद्रा मेरे अंगों में उतर आती है–यह सब ओशो ऊर्जा है..."

मैंने आहिस्ता से पूछा-"किसी मरीज़ को शिफ़ा देना है या नहीं ? शिफ़ा कारगर होगी या नहीं ? इसका संकेत किस तरह मिलता है ?"

अर्चना जी ने कहा-"अगर मेरी बाईं आंख अपने आप बंद हो जाए, तो ओशो संकेत दे रहे होते हैं कि शिफ़ा दे दो ! मरीज़ स्वस्थ हो जाएगा, पर अगर मेरी दाईं आंख अपने आप बंद हो जाए, तो यह संकेत होता है कि अब यह मरीज़ ठीक नहीं हो सकता..."

मैंने अर्चना जी की एक मुद्रा देखी थी कि उन्होंने अपना हाथ अपने सिर पर रख लिया था, मेरे घुटने और कंधे पर हाथ रखने से पहले, और अब उसी की बात करते हुए अर्चना ने कहा, "वह मेरे सिर पर रखा मेरा हाथ नहीं था, ओशो का था, वे कह रहे थे, आपको शिफ़ा देने के लिए...मैं उनकी इजाज़त से यह कर रही हूं, उनके कहने पर..."

फिर कई वाक़यात सामने आए, और मरीज़ों की तफ़सील देते हुए अर्चना ने कहा-"एक लड़की राज राजेश्वरी है-मेरे कॉलेज के दिनों की दोस्त, जिसे अचानक गले में फ़ालिज का पैच-सा आने लगा। इतना कि शाम तक बोलना भी मुश्किल हो जाता था, कुछ खाना भी...उसे देखकर पहली बार मेरे भीतर से बिजली की तेज़ी जैसा कुछ गुजर गया। मैंने उसके सिर पर हाथ रखा, और फिर मेरे दोनों हाथ खुद ही उसकी पीठ की हड्डी पर मुक्कों की तरह बरसने लगे। वह दिन था कि फिर राज राजेश्वरी को दोबारा कोई तकलीफ़ नहीं हुई...उस दिन पहली बार किसी शक्ति ने मेरे अंगों में एक रहस्य खोला था।"

पास बैठे आनंद विजय जी ने बताया-"जबलपुर अस्पताल में एक लड़की आई थी, लगभग दस वर्ष की थी, जिसे सिर में ब्रेन की कोई इंफ़ेक्शन थी, जिससे वह आधी बेहोश-सी थी, और मुंह से कुछ अबा-तबा बोल रही थी। कुछ खा नहीं रही थी, न कुछ पी रही थी, डॉक्टरों ने कह दिया कि वह बचेगी नहीं। उस लड़की के बेड के पास खड़े होते ही अर्चना को ओशो का संकेत मिला, तो स्वयं ही अर्चना जी के मुंह से निकल गया–"यह लड़की पांच दिनों में ठीक

हो जाएगी...” लड़की को आश्रम में लाया गया। अर्चना ने रूहानी शिफ़ा दी– अंतर-ऊर्जा दी, और पांच दिनों में लड़की ठीक हो गई...”

ये संकेत और कैसे मिलते हैं ? इसकी बात करते अर्चना ने कहा- 'मेरे शरीर के सारे चक्रों में कोई हरकत होने लग जाती है, कई बार ओशो की उंगलियां भी महसूस होती हैं, जो मेरे आज्ञा-चक्र पर ज़ोर डाल रही होती हैं। एक संन्यासी लड़का है-गर्जन, जो मिर्गी का मरीज़ हो गया था। अस्पताल में दाखिल हो गया, और वह आहिस्ता-आहिस्ता मर रहा था, उस समय भी संकेत मिला, और मैं उसे आश्रम ले गई। पहले दिन की शिफ़ा से ही आधा फ़र्क़ पड़ गया, फिर सिर्फ़ तीन दिन शिफ़ा दी थी, वह ठीक हो गया...“एक और लड़का था- आदि अनंत, जिसे मस्तक का मलेरिया हो गया था। जीभ सुर्ख हो गई थी। वे बड़ी सर्दियों के दिन थे, और मैं ज़ोर-ज़ोर से उसकी पीठ पर मुक्के मारती रही–यह मेरे हाथों से अपने आप ही हो रहा था, और देखा, सर्दी के दिनों में भी मरीज़ पसीने से भीग गया था। यह सिलसिला दस-बारह दिन चलता रहा, और वह राजी हो गया...”

मैं बड़े प्यार से अर्चना को देख रही थी, इसलिए उन्होंने कई और वाक़ये बताए–“ एक स्वामी अच्युत भारती हैं, उनकी माइग्रेन की तकलीफ़ नहीं जाती थीं, बंबई तक जा कर इलाज करवा चुके थे, मैंने उनकी छाती पर पांव रख कर उन्हें ठीक किया था, लेकिन पैर मेरा नहीं था, ओशो का था...

“रोहतक की एक मां चेतना है, जिसे छाती का कैंसर था, ऑपरेशन हुआ, तो कैंसर ब्रेन में आ गया। दूसरी बार ऑपरेशन हुआ, तो आवाज़ लड़खड़ाने लगी थी। यह अप्रैल, १९९५ की बात है, जब रोहतक में हमारा ध्यान शिविर लगा था, और तब मैंने मां चेतना को दो दिन शिफ़ा दी, फिर कुछ महीनों के बाद उसने जबलपुर आकर शिफ़ा ली। इस तरह महीने-डेढ़ महीने के अंतराल में वह तीन बार जबलपुर आई, अब बिल्कुल ठीक है। साल से ऊपर हो गया है, ठीक हुए को, अब तो मां चेतना पहचानी नहीं जाती, उसका रंग बड़ा प्यारा गुलाबी-सा हो गया है...”

पास बैठे किसी और ने बताया-“हम आश्रम में मां अर्चना को मां कामधेनु बुलाते हैं...”

अर्चना ने जल्दी से कहा-"मैं सिर्फ़ माध्यम हूं, यह शक्ति मेरी नहीं ओशो की है..."

लगभग घंटा हो गया था, अर्चना अपनी प्यारी नर्म हथेलियों से मेरे अंग-अंग को छू रही थी, फिर अचानक अर्चना ने बारी-बारी से मेरे दोनों पैर अपने हाथों में ले लिए...

यह भेद भी अर्चना से जाना-"मैं जिसे भी यह हीलिंग देती हूं, अंत में उसके पैर ज़रूर छूती हूं। यह मेरा नमस्कार होता है, ओशो को!" लगा–यह अर्चना ओशो की राधा भी है, मीरा भी...

डॉ. अर्चना

अन्तर-यात्रा

एक अनाम योगी की क़लम से...

"**मैं** बहुत छोटा सा था जब अपने दादा का हाथ- पकड़ कर उन्हें मंदिर में ले जाता था। वो लाठी थाम लेते तो लाठी को भी सहारा देना होता था...और जब मैं जवान हुआ, उठती जवानी के दिन थे, जब लंगा, दादा अब नहीं रहे लेकिन अब वो मेरा हाथ पकड़ कर मुझे उत्तराखंड की यात्रा पर ले जा रहे हैं–बहुत से देव स्थानों पर...

मैं एक बार वहां गया तो लगा–फिर से जाना होगा, वहां जो गुफ़ाओं में सिद्ध पुरुष हैं, उनका आशीर्वाद पाना है...

हापुड़ के माता मोहल्ले में घर है, पत्नी है, बच्चे हैं, लेकिन जब यात्रा पर चला, तो गेरुआ वस्त्र पहन लिए। इससे पहले एक घटना हुई थी, एक हरवंश लाल जी थे मेरे गुरु। साधारण वेश-भूषा में रहते थे, लेकिन उन्होंने मुझे कुंडलिनी शक्ति का अंश देकर मेरे भीतर की ऊर्जा जगा दी थी। वही ऊर्जा जब एक चिनगारी बन कर मेरे नाभि चक्र से खेलने लगी, तो बहुत से अनुभव भीतर से होने लग गए...

माता-पिता ने एक नाम दिया था मुझे-दीपक, लेकिन दीपक की बाती जब अनंत प्रकाश में विलीन होने लगी, तो लगा–मेरा नाम भी उसमें विलीन हो गया है...

हरिद्वार और ऋषिकेष होते हुए लगा–हिमालय का सौन्दर्य मुझे अपनी ओर बुला रहा है...उत्तरकाशी के रास्ते में कितने ही गांव देखे, जहां ग्राम देवताओं के बहुत छोटे-छोटे आलेनुमा मंदिर थे, जो गांव वालों के पूजा स्थान थे। मैंने अनाम योगी की डायरी कुछ ब्योरे से लिखी है, इसलिए यहां-कुछ अंतर प्राप्ति की बात करनी है, थोड़ी सी...

गंगोत्री में भगीरथी का विशाल मंदिर है, जिसमें गंगा, यमुना, सरस्वती, लक्ष्मी, पार्वती और अन्नपूर्णा की मूर्तियां हैं। भगीरथ जी की और शंकराचार्य जी की भी मूर्तियां हैं–जिनमें भगीरथ जी हाथ बांधे खड़े हैं, और शिला पर लिखा है कि यहां खड़े होकर भगीरथी जी ने गंगा को पृथ्वी पर लाने के लिए तपस्या की थी।

वहां गंगा के किनारे बैठ कर मैं ध्यान में उतर गया। मन से एक ही आवाज़ उठ रही थी–गंगा मां मुझे कुछ शक्ति दीजिए कि भारत के गौरव पर जो धूल की परतें जम गई हैं, वे मेरे हाथों कुछ झाड़ी-पोंछी जा सकें।

मैं इसी ध्यान में था कि वहां एक औघड़ बाबा मिले, पागल बाबा, जो मेरे चेहरे पर पानी की कुछ बूंदें टपकाते हुए मुझे स्थूल काया की होश में लौटा लाए...

गंगोत्री से गौमुख जाना था, रास्ते में भोजपत्रों के पेड़ देखे, एक वन में फैले हुए, लगता था–गुलाबी, काली, सफ़ेद धारियों वाले बहुत से अजगर सामने खड़े हैं...ये देखते ही बनता है।

क़ुदरत की महिमा देखते-देखते अंतर में जाने क्या-क्या घटने लगता है, कुछ रास्ता चलना भी होता है, कहीं बरसते पानी में और कहीं रूई की तरह बरसती हुई बर्फ़ में...गौमुख पहुंचने में अभी कुछ रास्ता बाक़ी था कि एक गुफ़ा दिखाई दी। पता चला वहां बर्फ़ानी बाबा रहते हैं। गुफ़ा के भीतर जाना हुआ तो बर्फ़ानी बाबा ने प्यार से बैठाया और घी डाल कर गर्म चाय पीने को दी...

फिर मेरे अंतर का कुछ पता पाकर बोले–"तुम कुंडलिनी योग के जिज्ञासु

हो, ये जान कर अच्छा लगा। यहां गौमुख में कई तरह की शक्तियों के संपन्न साधु पुरुष आते हैं, उनका पता पाकर मैं उनसे भी कुछ सीखता हूं, फिर जो अर्जित करता हूं, वो संब-बांट देता हूं ।"

वो बाबा नागा सम्प्रदाय के थे और उस सम्प्रदाय ने जब किसी को दीक्षा देनी होती है तो उसकी काम-इंद्री तोड़ देते हैं। इस विषय पर बातचीत हुई, मैं उनका हम-ख़्याल नहीं था, काम ऊर्जा को तो राम ऊर्जा में बदलना होता है, उसे तोड़ना-मिटाना नहीं होता...

गौमुख हज़ारों वर्षों की प्राचीन, बर्फ़ से ढकी हुई गुफ़ा है, दो और गुफ़ाओं को दाएं-बाएं लिए हुए। गुफ़ा में बड़े-बड़े बर्फ़ के टुकड़े और पत्थर भरे हुए हैं, उनमें से हलका हरा-नीला पानी टपकता है, जिसके कतरे बाहर की ठंडी हवा में लटकते से दिखते हैं, मोतियों की लड़ियों की तरह...

आसपास के पहाड़ों से पिघलती हुई बर्फ़ कतरा-कतरा, नीचे के ग्लेशियर पर पड़ती हुई, कई धाराओं में बह कर, इस गाय के मुख जैसी गुफ़ा में से बाहर निकलकर गंगा के रूप में प्रकट होती है...

गौमुख के करीब एक गुफ़ा थी, जहां सिद्ध पुरुष ओम् गिरी बाबा थे। वहां बाबा ने जड़ी-बूटियों की चाय पीने को दी। उनकी इज़ाज़त से मैं वहां ध्यान में बैठ गया तो भीतर से कुंडलिनी इस तरह जागृत हुई कि पूरे बदन में कंपन होने लगा...

ओम् गिरी बाबा ने पूछा-तुम चाहते क्या हो ? मैंने कहा—आपका आशीर्वाद । और उन्होंने जब मेरे सिर पर, नाभि पर, और पूरे शरीर पर अपने हाथ का स्पर्श किया तो लगा—अंग-अंग में एक शक्ति प्रवाहित होने लगी है...

बाबा बोले—मैं गौमुख से छः किलोमीटर आगे, तपोवन की एक गुफ़ा में रहता हूं, आज ही गौमुख आना हुआ। तेरी साधना की बहुत-सी गांठें मैंने खोल दी हैं। आशीर्वाद देता हूं कि योग विद्या में निपुण होकर, निःस्वार्थ भाव से जगत का कल्याण करते रहो...

मैंने उनके पांव छुए और बौराया-सा गुफ़ा के बाहर आ गया। एक मित्र साथ थे, रविंद्र, जो इस राह में मेरे बहुत मददगार हुए...

तपोवन का मंज़र अनुभव में लिया जा सकता है कहा नहीं जा सकता। टाट बाबा की गुफ़ा में भी गया, प्रणाम करने के बाद उनके पास बैठ कर मैंने ध्यान में उतरने की आज्ञा ली। उसके बाद टाट बाबा ने कहा–तुम्हारी शक्ति का संचार एक ओर से हो रहा है, दोनों तरफ़ से होना चाहिए। नाक की चंद्र नाड़ी से भी और सूरज नाड़ी से भी, तभी तो सांस सुष्मना में जा सकेगी...

उन्होंने मेरे माथे पर अंगूठे से दबाव डाला, जिससे शक्ति का प्रवाह दोनों ओर से होने लगा। और साथ ही मेरे मस्तक में एक रोशनी भर गई...

वे कहने लगे-तुम्हें कुछ रास्ता दिखाकर मैं अपने कर्त्तव्य की पालना कर रहा हूं...

साथ ही उन्होंने कहा–आज कल कुछ लोग–बालाजी, भैरव, भूत-प्रेत की सिद्धियां हासिल करके, इस विद्या के नाम को कलंकित कर रहे हैं। जाना तो ईश्वर की राह पर है...

मेरी यात्रा में एक और प्यारे व्यक्ति मिले जिन्होंने कहा–साधु का गुस्सा पानी पर पड़ी लकीर की तरह होता है, गृहस्थ वाले का, रेत पर डाली लकीर की तरह। और दुष्ट आदमी का गुस्सा पत्थर पर डाली लकीर की तरह होता है...

केदारनाथ की यात्रा पर जाना हुआ तो वहां एक स्थान था, जिसे गोरख डिग्गी कहते हैं। कहा जाता है कि गोरखनाथ ने वहां साधना की थी। मेरा ये अनुभव भी कहते नहीं बनता कि मैं जब वहां ध्यान में बैठ गया तो साक्षात् गोरखनाथ का दर्शन हुआ...

एक और शक्तिपीठ था, वहां मैं ध्यान में बैठ गया, तो गणेश जी का दर्शन हुआ जिससे मेरा पूरा शरीर अंतर की ऊर्जा से भर कर कांपने लगा... उस समय किसी अज्ञात साधु का आना हुआ, जिसने मेरे माथे को अपने त्रिशूल से बार-बार छुआ और मेरी आंखों के सामने ॐ बीज अक्षर चमकंने लगा...

हमारे अवचेतन में जाने कितने जन्मों का दुःख और सुख अंकित रहता है कि इस यात्रा में जब मैंने पीपलकोटी और जोशीमठ के बीच का रास्ता देखा, दो

बहुत बड़े काले पहाड़ों के बीच में बहती हुई अलखनंदा, तो चौंक कर रह गया। ठीक यही सब कुछ मुझे सपने में दिखाई देता रहा था–करीब बाईस साल।

मैं देखता था कि दो पहाड़ों के बीच एक रस्सा बना हुआ है, जिस पर मैं चलता हुआ कभी इस पहाड़ की ओर जाता हूं, कभी दूसरे पहाड़ की ओर। अहसास होता था, एक तरफ़ मेरे माता-पिता हैं, पर दूसरी ओर क्या है, नहीं जानता। तभी नीचे गहरी खाई की ओर देखते हुए वो रस्सा मेरे हाथ से छूटने को होता है, और मैं चीख से जाग जाता हूं...

मैं उस स्थान को देखता रहा, लगा-ज़रूर किसी जन्म में मेरे अंतर में एक द्वंद्व होगा। संसार में लिपट जाने का और संसार से छूट कर अपनी ओर जाने का...

हमारा इतिहास और मिथहास कोई पार नहीं पड़ने देता। जहां अलखनंदा और धौली गंगा का संगम है, उस घाटी के दाईं ओर के पर्वत नर कहलाते हैं और बाईं तरफ़ के नारायण। कहते हैं कि नर और नारायण की साधना से घबरा कर इंद्र ने अप्संराएं भेजीं थी। पहले तो नारायण क्रोध में आए फिर शांत हुए। और जब अप्सराओं ने उनके साथ विवाह की कामना की तो नारायण ने कहा था–इस जन्म में नहीं, किसी दूसरे जन्म में विवाह करेंगे। और वही नर नारायण थे, जो दूसरे जन्म में अर्जुन और कृष्ण हुए।

वो शिला देखी जहां ब्रह्म सूत्र रचा गया था। फिर गौड़ पाद ने मांडूक्य कारिका जिस शिला पर बैठ कर लिखी थी। इसी तरह वो स्थान देखा–जहां सरस्वती के किनारे व्यास जी ने श्री मद्भागवत् ग्रंथ की रचना की थी...अट्ठारह पुराण वहीं रचे गए थे...

वहां स्वामी दिव्यानंद का दर्शन हुआ, जिन्हें वकील बाबा भी कहते हैं। बीस साल पहले वो इलाहाबाद हाई कोर्ट की प्रेक्टिस छोड़ कर आए थे। संन्यास ले लिया था। लंबा कद, गोरा रंग, चेहरे की ललाई, आंखों की चमक, साक्षात् वृहस्पति लगते हैं। उनके पास बैठ कर भी ध्यान में अपार शक्ति का संचार हुआ।

बद्रीनाथ से करीब चार किलोमीटर की दूरी पर माणा गांव है। भारत के सीमा क्षेत्र का अंतिम गांव है। इसी गांव में कुछ दूरी पर व्यास गुफ़ा है, जिसमें कुछ टूटी हुई मूर्तियां हैं और पाली भाषा में एक शिलालेख है। बताया गया है कि वेद व्यास जी ने यहीं बैठ कर महाभारत लिखा था और वेद वाणी को चार वेदों की तरतीब दी थी। कुछ ही दूरी पर गणेश गुफ़ा है, पर कहा जाता है कि जब व्यास जी बोलते जाते थे, तब गणेश जी लिखते जाते थे...

व्यास गुफ़ा के बराबर में ही पानी का भंडार है, जहां से बद्रीनाथ के लिए जल जाता है। मैं वहां एक समतल से पत्थर पर बैठ कर प्रार्थना मय हो गया... आंखों से पानी टपक रहा था, जिसमें मेरा अंतरमन बह उठा था...मैं दीवानगी की हालत में था कि एक-एक. दिन जा रहा है, मेरा अनंत शक्ति से मिलन कब होगा ?

समय का हिसाब हाथ से छूट गया तो लगा-मेरे मस्तक पर, दो आंखों के बीच, कहीं से नीली-सी किरणें पड़ रही हैं...फिर देखा–सामने एक साधु खड़े हैं, उनकी जटाएं लहरा रही हैं...काया का रंग छाया की तरह था, मैं कुछ देख नहीं पा रहा था, लेकिन फिर दिखाई देने लगा कि उनके मस्तक पर, भृकुटि के बीच एक आंख दिख रही है, जिससे नीले रंग की रोशनी आ रही है...

उनका संकेत पाकर मैं उनके पास चल दिया। रास्ता ऊबड़-खाबड़ था लेकिन फिर एक वादी-सी दिखने लगी जो सोने के से रंग की पर्वत मालाओं के बीच थी। और वहां, मैं जिधर देख पाता, दिखाई देता कि सिद्ध लोग योग मुद्रा में बैठे हैं, और उनके हाथ आशीर्वाद की मुद्रा में उठे हैं...

नीचे-ऊपर चारों ओर एक रोशनी का एहसास हुआ। ये भी कि वहां न मेरा तन था, न मन, न बुद्धि, न भाषा...मैं जैसे उस रोशनी में बह रहा था, रोशनी के समुद्र में एक कतरा-सा...

जाने कब उसकी आवाज़ आई, उसी की जो मेरा रहनुमा हुआ था, मुझे यहां लाया था। उसने कहा–ये सिद्ध क्षेत्र है, इसी के नीचे सूक्ष्म लोक है और नीचे धरती लोक है, इसी के ऊपर परम पृज्य...ये सिद्ध लोगों की आत्माएं हैं, जो काया छोड़ चुके हैं। इनकी सूक्ष्म लोक में सूक्ष्म रूप में वासनाएं होती हैं, इसीलिए हज़ारों वर्षों के बाद भी से चाहें तो धरती लोक पर जन्म ले सकते हैं, कर्म लोक में। सिद्ध लोक की कुछ आत्माएं हैं, जो दुनिया के कल्याण के लिए प्रथ्वी लोक के कुछ लोगों को मार्ग दर्शन देती हैं। तुम्हें इसी प्रयोजन से

यहां लाया गया है। संसार में जो नकारात्मक जमा हो चुका है, बीस सौ दस तक वो मिट जाएगा, फिर मानव जाति का विकास होगा...तुम्हें भी एक माध्यम बनना है–लोगों में सोई हुई चेतना जागृत करने का...

मेरा ये अनुभव मेरे लफ़्ज़ों की पकड़ में नहीं आ सकता, इसलिए मैं और कुछ नहीं कह पाऊंगा...

हां, इतना-सा और कह दूं कि लौटते हुए मैं फिर से वकील बाबा के पास गया था। उन्होंने ये सब सुना तो उनकी आंखों से आंसुओं कि धारा बहने लगी, बोले-अरे! ये साधु साक्षात व्यास जी थे । कभी-कभी कुछ लोगों को उन्होंने इसी रूप के दर्शन दिये हैं...अब लगता है–ये भारत दुनिया को आध्यात्मिक रास्ता दिखाएगा।●●